La sangre desconocida

Vicente Alfonso

La sangre desconocida

ALFAGUARA

El papel utilizado para la impresión de este libro ha sido fabricado a partir de madera
procedente de bosques y plantaciones gestionadas con los más altos estándares ambientales,
garantizando una explotación de los recursos sostenible con el medio ambiente y beneficiosa para las personas.

Gracias al apoyo de la Fundación para las Letras
Mexicanas, la escritura de una parte sustantiva de esta
obra se desarrolló en la Casa Estudio Cien Años de Soledad,
lugar donde Gabriel García Márquez creó su obra maestra.

Esta novela se terminó de escribir gracias al apoyo
del Sistema Nacional de Creadores de Arte de México.

Esta obra mereció el Premio Nacional de Novela Élmer Mendoza 2021,
otorgado por la Universidad Autónoma de Sinaloa.
El jurado estuvo compuesto por Eduardo Antonio Parra,
Imanol Caneyada y Orfa Alarcón.

La sangre desconocida

Primera edición: octubre, 2022

D. R. © 2021, Vicente Alfonso
Publicado mediante acuerdo con VicLit Agencia Literaria

D. R. © 2022, derechos de edición mundiales en lengua castellana:
Penguin Random House Grupo Editorial, S. A. de C. V.
Blvd. Miguel de Cervantes Saavedra núm. 301, 1er piso,
colonia Granada, alcaldía Miguel Hidalgo, C. P. 11520,
Ciudad de México

En coedición con la Universidad Autónoma de Sinaloa
Blvd. Miguel Tamayo Espinoza de los Monteros 2358,
Desarrollo Urbano 3 Ríos, 80020, Culiacán de Rosales, Sinaloa
www.uas.edu.mx
Dirección de Editorial
http://editorial.uas.edu.mx

penguinlibros.com

ISBN: 978-607-382-200-8 (Penguin Random House)
ISBN: 978-607-737-373-5 (Universidad Autónoma de Sinaloa)

Impreso en México – *Printed in Mexico*

Para Iliana Olmedo

Ésta es tu sangre,
desconocida y honda,
que penetra tu cuerpo
y baña orillas ciegas,
de ti misma ignoradas.

OCTAVIO PAZ

Por las venas de aquel noble José Revueltas que conocí
circula una sangre que no conozco. En ella se estanca
el veneno de una época pasada, con un misticismo
destructor que conduce a la nada y a la muerte.

PABLO NERUDA,
Congreso de La Paz, 1950

Nada es tan difícil de limpiar como la sangre. Tras casi cuarenta años, las manchas persisten en el cartel que se ha vuelto quebradizo. El encabezado, compuesto en mayúsculas, se limita a una palabra: CRIMINALES. Debajo aparecen veinticuatro caras jóvenes, la mayoría identificadas por nombre y apellido, otras por sus apodos: el Flaco, la Chapis, el Güero. Algunos usan lentes, llevan bigote o cabello largo. Pero las imágenes son pobres, los rasgos confusos. Sombras, manchas y defectos de impresión hacen del cartel una galería de fantasmas. En letras más pequeñas, una leyenda aclara que los perseguidos son comunistas, miembros de la Liga 23 de Septiembre, pero también son delincuentes comunes: autores de asesinatos, secuestros, asaltos. «Hacen una vida aparentemente normal, podrían ser tus vecinos. Denúncialos.» Así, el aviso publicado el 20 de junio de 1976 es también una lista negra, pues en los siguientes meses casi todos esos jóvenes fueron encarcelados, asesinados o desaparecidos. Abajo y a la izquierda aparece la muchacha identificada como Amparo. Su expediente confirma que las autoridades comenzaron a buscarla en enero de 1976, cuando se le atribuyeron las muertes de dos policías durante un operativo que permitió la fuga de siete reclusos del penal de Oblatos. Además de esas ejecuciones, los cargos que se le imputan son conspiración, acopio de armas, asociación delictuosa e incitación a la rebelión. El legajo de veintiocho páginas confirma que sabía disparar y la cataloga como una delincuente de alta peligrosidad. Se le describe como «un elemento atípico». Eso es verdad, Amparo era inusual.

No sólo el cartel está manchado de sangre, también lo está el vestido que Mamá Flor guarda como recuerdo de su hija. Una prenda vieja, armada con retazos de muy distintas texturas y colores, que Amparo traía puesta la última vez que subió a Arroyo Oscuro. Cuando la muchacha no volvió, Mamá Flor intentó lavarlo y remendarlo. Pero nada es tan difícil de limpiar como la sangre.

En los caminos del sur: Fabián

4 de septiembre de 2019,
Ciudad de México

Fernanda, mi esposa, tenía razón: para documentar el día a día de nuestra época más turbia debí esforzarme en tomar notas, registrar los contrastes del entorno, transcribir conversaciones. El problema era que, tras casi dos años viviendo en Chilpancingo, yo aún no entendía lo que pasaba. *Va te faire foutre!*, me dijo un día, y así me dejó claro que para ella yo jamás llegaría a ser un escritor. Es cierto que llevaba semanas de no trabajar en mi novela. Mi último intento había sido estructurarla a partir de pequeños fragmentos que se iban entreverando en tres hilos muy distintos que terminarían por amarrar. Visto así, más que un relato, mi libro era un textil. Un tejido. De haber tomado notas, al menos podría reconstruir las palabras con que Mamá Flor suplicó que le ayudáramos a buscar a Amparo, su hija desaparecida, esa que los soldados habían detenido en un retén. O podría describir con mayor precisión los métodos con los que el Grupo Sangre torturaba a los campesinos de Arroyo Oscuro. Y sin embargo, hoy tengo que resignarme a escribir versiones pálidas de esos pasajes.

Las noticias llegaron cuando menos lo esperaba. Tenía al menos catorce meses de haber vuelto de Chilpancingo a la Ciudad de México y tres de haber conseguido un nuevo empleo cuando, una tarde en que redactaba una nota sobre el *boom* de los créditos hipotecarios, sonó mi celular y una voz impersonal preguntó por mí.

—Diga.

—Llamo de parte de la señorita Viury García. Quiere hablar con usted.

Quisiera escribir que le exigí al hombre que se identificara, que colgué, que pensé algo. Pero no pude decir nada.

—¿Señor Fabián Gómez? —insistió la voz—. Soy Manny Durán, abogado penalista, represento a la señorita Viury García. Estamos interesados en hablar con usted.

Un *bip bip* indicó que a mi teléfono se le agotaba la pila. Yo seguía con la boca seca y pensando en colgar. Pero el hombre insistía.

—Escuche, la señorita García ha sido detenida en San Ysidro, pasando la frontera. Su testimonio sería de mucha importancia para la defensa…

Viury. Viury García. A mi memoria vino su voz gangosa: *Vergüenza es robar y que te cachen*. Mientras el hombre hablaba, en mi cabeza surgían imágenes de la última vez que la vi: estábamos en Arroyo Oscuro porque su abuela había muerto dos días antes. En lugar de sus playeras negras con estampados roqueros, la muchacha se había puesto un vestido viejo hecho con retazos de distintos colores y texturas. Muy *vintage*. Le sentaba bien. Viury me contó entonces que ese vestido y un morral con libros viejos eran lo único que Mamá Flor conservaba de Amparo, su hija desaparecida. Pasamos el resto de la tarde empacando las pocas pertenencias de la anciana. En mi cabeza flotaba una pregunta que me daba miedo hacer. Al día siguiente, muy temprano, abordamos juntos el autobús para bajar a Atoyac. El silencio de la madrugada era como el de tantos otros puntos de la sierra: salpicado de ladridos, gallos, cigarras. El vehículo hacía paradas, gente subía y bajaba: campesinos con huacales llenos de mangos, mujeres con bolsas, estudiantes. En las sombras me pareció ver que las manos de Viury temblaban. Asumí que estaba nerviosa y pretendía disimularlo. Le dije que estaba dispuesto a dejar a mi esposa si ella aceptaba vivir conmigo. Dijo que sí. En algún momento se quedó dormida mientras el camión se internaba por el camino, el motor roncando en la niebla. Yo también me dormí. Cuando desperté, cuarenta minutos más tarde, Viury ya no estaba.

—¿Mr. Gómez? *Are you listenin'?* —insistió el abogado en el teléfono.

—No. No tengo nada que hablar con ella.

Tras otro bip bip, el abogado dijo algo que me hizo comprender que, aunque me esforzara en sorprenderla, para Viury yo siempre sería predecible. Porque planteó una oferta que sólo podía provenir de ella:

—Escuche, Fabián: si colabora con nosotros, mi cliente puede decirles a su esposa y a usted qué hizo con el bebé.

Camel City: el agente Lansky

20 de marzo de 1971
(59 días antes del secuestro)

Aquel caso, escandaloso y lleno de enigmas, tenía los ingredientes para ser el drama del siglo: el secuestro de una heredera, una ciudad desquiciada por amenazas de bomba, insultos trazados con sangre en el muro de un internado para señoritas. Y sin embargo ya ves, muchacho: hoy nadie se acuerda. Debe ser porque en esos días el mundo era una jodida gallina sin cabeza: mientras nuestros soldados arriesgaban el trasero en Vietnam, Nixon se tambaleaba en la Casa Blanca y el embargo de petróleo impuesto por los árabes disparaba el precio de las gasolinas. Se hablaba aún de Woodstock y del Summer of Love, pero Lennon y McCartney ya no se soportaban. Faltaba un año para el estreno de *El padrino* y poco más para que Linda Lovelace provocara orgasmos colectivos con *Garganta profunda*. En aquel mundo de locos, Camel City no podía ser la excepción. No te voy a mentir: si terminé investigando el crimen fue casi por casualidad. Había pasado los últimos tres años picando piedra en la sección de parquímetros, donde mi única tarea era impedir que los idiotas mal estacionados se salieran con la suya. Era un trabajo fácil, pero no era la clase de vida que deseaba. Llevaba años esperando una oportunidad y ésta llegó en el momento menos pensado. Era 20 de marzo al mediodía. Si recuerdo bien la fecha es porque mi hija Rachel cumplía cuatro años y yo le había prometido llevarla al circo. Ya hasta tenía los boletos. Estaba en el centro levantando infracciones cuando el radio de la patrulla comenzó a alborotarse. Era mi jefe:

—Lansky, reportan movimientos sospechosos en 4th y Main.

—¿En las oficinas de la Reynolds?

—Allí mismo.

—¿Por qué yo? —gruñí, pensando en mi hija.

—Estás a dos cuadras, Lansky. Se trata sólo de ir y asegurarte de que no esté ocurriendo nada malo. Si no hay novedad puedes tomarte la tarde.

No sonaba mal: pasar, echar un ojo y luego recoger a Esther y a Rachel. Con suerte, un par de horas después estaríamos contemplando el trasero de un elefante desde una platea. Rachel se pondría feliz. O quizá no tanto. Para ser honesto, en aquellos días había perdido muchos puntos con ella. No sabes qué tan furiosa puede ponerse una niña de cuatro años si la dejas plantada.

El problema fue que en la fábrica de cigarros sí ocurría algo. Tal vez malo, tal vez sólo extraño. Al fondo de la calle, media docena de chimeneas confirmaban por qué a aquel jodido pueblo le apodaban Camel City. Considerada el corazón de la ciudad, la fábrica de cigarros que le daba trabajo a uno de cada cuatro habitantes estaba formada por tres naves industriales, un moderno edificio de oficinas y la impresionante mansión del fundador convertida en museo. Cerca, en alguna parte, el sonido agudo y prolongado de un silbato saturó el aire. Era la señal para el cambio de turno, pues la cigarrera trabajaba las veinticuatro horas. Lo inusual no era eso, sino que en la planta baja del edificio de oficinas, entre astillas de vidrio y barrotes doblados, una ventana rota escupía humo.

Intenté comunicarme con la comandancia para pedir apoyo. Como el radio estaba muerto, resolví echar un vistazo. Entre la humareda distinguí mesas de disección, microscopios y jaulas. Alguien había liberado a los animales, pues todas las jaulas estaban abiertas y en el suelo sobraban roedores: conejos, ratones, cobayas. Al fondo ardían varias cajas de archivo y al pie de éstas un montón de cuadernos. Me descolgué por la ventana y tomé uno: estaba lleno de notas y números, ¿fechas, cálculos, claves?

De pronto, por el boquete entró un hombre de color y tomó una de las cajas. Era un negro enorme, de abundante cabello rizado y espaldas cuadradas. Alcancé a esconderme tras una mesa. El tipo, de unos treinta años, llenó la caja con cuadernos, carpetas, y al final metió algunas cajetillas de cigarros. En ese momento el humo me hizo toser. Cuando el sujeto me vio, me lancé contra él y logré derribarlo. Mientras le colocaba las esposas noté que, en lugar del meñique y el anular de la mano derecha, el tipo tenía sólo dos burdos muñones. Intentaba recitarle la Miranda cuando llegaron dos guardias vestidos de gris; uno de ellos sofocó el fuego con un extintor mientras el otro me obligaba a ponerme en pie. Tras ellos llegó un chaparrito pelirrojo narizón, con jeans, saco de tweed y un gran habano encendido:

—¿Cómo entró? ¿No sabe que está en propiedad privada? Salga si no quiere problemas.

—¿No ve que soy policía? —respondí—. Alguien reportó movimientos extraños aquí. Vi el incendio, escuché el estallido y entré.

—Conozco mis derechos —dijo el negro con la cara contra el piso.

—¿Incendio? No sea tonto —respondió el pelirrojo—, el asador de mi patio hace más fuego que esto. ¿A dónde va con ese tipo?

—Lo pondré a disposición por robo y daños en propiedad ajena —respondí.

Mientras se rascaba la cabeza como intentando resolver un acertijo, el pelirrojo dio otra fumada a su habano.

—Seré claro, oficial… Lansky —dijo mirando mi gafete—: Dado que los hechos ocurrieron en propiedad privada, el hombre debe quedarse aquí.

—De ningún modo —respondí—. Es un caso de robo flagrante y como tal debe ser consignado. Será muy útil si ustedes me acompañan a presentar cargos.

—Conozco mis derechos —repetía el negro desde el piso.

El pelirrojo esbozó un gesto que no llegó a ser una sonrisa. Se acercó un poco mientras daba unos golpecitos al cigarro para tirar la ceniza.

—Oficial, sea razonable. Siempre hay manera de resolver las cosas. Los dos sabemos qué le pasará a este infeliz si se lo lleva: si tiene algún ahorro se lo quemará pagando un abogado que trate de sacarlo. Lo peor es que la empresa también deberá asignar recursos para un litigio en el que no tenemos nada que ganar, porque la gente ve esos juicios como la pelea de David contra Goliat. Sí, amigo: no sabe usted cuánto nos afectan estos escándalos. Pero imaginemos que este infeliz no tiene dinero y que, como suele suceder, en la comisaría le arrancarán una confesión a golpes y lo encerrarán por ocho o diez años. Vivirá todo ese tiempo de nuestros impuestos y saldrá de allí siendo un delincuente que ya no se conformará con robar cigarrillos. Lo peor es que, con antecedentes penales, jamás conseguirá un empleo. ¿Me sirve eso a mí, le sirve a usted? Vamos, ni siquiera le sirve a él.

No eran malos argumentos. Esposado en el suelo, el grandulón escuchaba con un gesto que iba de la rabia al miedo. Su labio inferior temblaba.

—Si me dejas aquí, blanco de mierda, nadie me volverá a ver. Pasado mañana amaneceré acuchillado en un callejón, y dirán que morí en una pelea de borrachos o de adictos.

—No le haga caso, oficial —interrumpió el pelirrojo—: le doy mi promesa de que no será así. Sólo queremos asegurarnos de que no le queden ganas de robar otra vez.

—Estoy seguro de que podemos resolverlo —dije, urdiendo un plan—. ¿Sabes leer y escribir, muchacho?

—Apuesto a que mejor que tú, pies planos —replicó—. Voy en tercero de Leyes.

Era cierto. En su billetera portaba una credencial que lo identificaba como Albert Howells, secretario de la Asociación Nacional de Estudiantes de Leyes de Color. Estudiaba los sábados en una escuela de tiempo parcial.

—Le propongo algo —le dije al pelirrojo—. Este hombre nos firmará una confesión y yo la guardaré. A cambio, ustedes lo dejarán ir. Si reincide, yo seré el primero en presentar cargos.

Aunque no del todo convencidos, ambos aceptaron. Para mí suena más que justo, le dije al estudiante mientras los gorilas le quitaban las esposas. Minutos más tarde el sujeto salía, ofuscado, a perderse en las calles del centro.

Me encaminaba a la patrulla cuando vi, bajo un árbol, una caja como la que le acababa de confiscar al intruso. Dentro había un par de cuadernos y cinco o seis cajetillas de Camel. Pero mentiría si dijera que guardaba sólo eso. De hecho, en ese momento su contenido me resultaba muy útil, pues aún tenía que explicarle a mi hija Rachel por qué, una vez más, no había llegado a tiempo para llevarla al circo. A veces los adultos tenemos tareas que no pueden esperar, le dije. Su silencio infantil se ablandó cuando de la caja saqué dos conejitos blancos que comenzaron a explorar la alfombra de su habitación, ignorantes de que eran la única evidencia en un caso que no llegó a existir. Mientras Rachel los bautizaba como Orejas y Patotas, yo repasaba mentalmente aquel asunto. Aún no lo sabía, pero a partir de ese momento mi vida daría un vuelco.

Por la razón o la fuerza: el profesor Ayala

14 de mayo de 1973,
Culiacán, Sinaloa
(2 años, 8 meses y 8 días antes de la fuga)

—Piénsenlo, muchachos: hace apenas treinta años, seis millones de judíos fueron asesinados sin que eso representara un delito. El régimen nazi construyó una maquinaria que, desde el Estado, perseguía, encarcelaba, torturaba. Miles de personas que actuaron convencidas de que hacían lo correcto. Lo ilegal era ayudar a las víctimas. ¿Qué significa esto?

Nadie responde. Paciencia, Ayala. A pesar de que hay treinta alumnos inscritos en tu clase, hoy han llegado sólo trece. Alguien bosteza, en la segunda fila una muchacha hojea una revista.

—¿Nadie? —insistes—. Yo les voy a decir qué significa: que la ley y la moral no siempre van de la mano.

—Peor —interrumpe desde el fondo una voz ronca—: lo que su ejemplo deja claro es que el mundo necesita una revolución. Como dijo el Che, hay que crear dos, tres, muchos Vietnam.

Quien habla es un muchacho moreno que traza garabatos con carboncillo en una libreta. No recuerdas haberlo visto antes: de cabellera revuelta y piocha a lo Ho Chi Minh, viste un overol con manchas de distintos colores.

—A ver, compañero, ¿quiere compartirnos su punto de vista?

Con cara de disgusto, sin dejar de dibujar, dice:

—Recuerde lo que dice Ou-Tse, que el éxito sólo puede hallarse en la acción, que no hay victoria posible cuando uno se contenta con permanecer a la defensiva.

—Eso depende de qué entienda usted por acción, mi amigo —reviras—. Porque no todo es echar bala en la sierra. Hay otras maneras. La práctica jurídica tiene sus propias herramientas para corregir las injusticias.

—¿Por ejemplo?

—La desobediencia civil.

—¡Por favor! Eso es darle aspirinas a un muerto. Lo reto a que me diga una injusticia que se haya corregido sin pelear.

Al lado opuesto del aula se escucha otra voz:

—En Chile, Salvador Allende está cambiando muchas cosas sin disparar un tiro —dice una chaparrita de cabello negro y vestido armado con retazos de colores. Lleva una mascada blanca al cuello y los antebrazos llenos de pulseras.

Tampoco a ella la habías visto en tus clases.

—No te metas, Rosario —el del overol mira a la muchacha.

—Déjame terminar —revira la chica—: ¿Sabes qué estudió Fidel Castro?

La cara del muchacho va de la sorpresa al enojo.

—De no haber sido abogado, Castro no habría podido defenderse tras el asalto al Moncada. Supongo que lo sabes, ¿no?

—¿Y cómo crees que sacó a Batista de Cuba, pendeja? ¿Con edictos? —el del overol se levanta y se dirige hacia la chica.

Varios alumnos se incorporan para detenerlo y comienza un forcejeo.

—¡Tranquilos! —gritas—: ¡Sentados!

Es inútil: el del overol y otro muchacho se golpean, caen al suelo.

—¡Tranquilos! —intentas poner orden—. ¡Al que no se siente lo repruebo!

Cuando sus compañeros logran separarlos, los contendientes tienen la cara hinchada y llena de sangre, la respiración desbocada. Un par de pupitres están volteados, los carboncillos ruedan por el piso. Le preguntas su nombre al del overol pero te ignora y sale furioso del salón.

Das por terminada la clase. Aunque no son ni las diez de la mañana, el sol ya castiga. Compras en la cafetería un paquete de coricos y un café, luego te diriges a la biblioteca. Estás por entrar cuando escuchas un grito detrás de ti: ¡Profesor Ayala! Es la muchacha del vestido de retazos. Las pulseras tintinean con cada movimiento de sus manos.

—Ay, profesor, qué pena. Disculpe a Clemente; está loco, pero no es mala persona. Verá cómo al rato viene a pedirle perdón.

—Pues a mi clase no vuelve a entrar. Y usted debería alejarse de él. Puede ser peligroso.

—Para nada. Ladra como rottweiler pero tiene alma de poodle.

La chica se detiene frente a ti. Su mano izquierda juega con la pañoleta que lleva al cuello.

—¿Quiénes son y qué carajo hacían en mi clase?

—Me llamo Rosario Navarro, profe. Clemente es mi novio. Entramos porque nos dijeron que su clase es muy buena.

—Ajá. Y yo soy Napoleón.

—Bueno, bueno… la verdad es que necesitamos que nos lleve un asunto.

—Lo siento, Rosario. Ya no litigo —das media vuelta, entras a la biblioteca.

—¡Podemos pagarle bien! —insiste.

—No es cosa de dinero —retiras tu brazo—. Y por favor, baje la voz.

—Permítame cuando menos hacerle una consulta. Por-favor-por-favor —ruega la muchacha.

Sus dedos buscan tu antebrazo, te zafas con el pretexto de abrir el paquete de coricos, tomar uno y morderlo.

—¿Puede un juez obligarme a tomar un medicamento? —dispara la chica.

Así, a rajatabla, la pregunta te descoloca.

—Caray, no sé qué decirle. Suena a algo más médico que jurídico.

—Créame, profe: es jurídico —sus dedos juguetean con la mascada—. Si usted me deja contarle…

En silencio, la cabeza trabajando, tomas un sorbo de café.

—Cinco minutos, nomás. Por favorcito —insiste la muchacha.

Señalas una mesa desocupada junto a la ventana.

—Clemente y yo queremos casarnos pero no podemos porque, aunque soy mayor de edad, estoy bajo la tutela de mis padres —cuenta Rosario.

—¿Tutela?

—El año pasado tuve un brote psicótico. La verdad yo no recuerdo mucho, pero dicen que hice cosas horribles. Desde entonces, por orden judicial debo tomar medicamentos e ir a terapia. Llevo más de un año sin nuevos episodios y mi papá me permite moverme con alguna libertad, pero, eso sí, se opone a la boda. Dígame: ¿hay algún recurso legal que me permita casarme?

¿Quién carajo es esta niña? Sus ojos color miel suplican mientras, nerviosos, sus dedos se refugian bajo la mascada y sus pulseras tintinean.

—No podría opinar sin ver el expediente. Sería irresponsable.

—Puedo traerle una copia, pero con una condición: prométame que al menos pensará en la posibilidad de tomar nuestro caso.

Miras por la ventana hacia la cancha de básquetbol y entonces lo ves: desde el fondo del patio, sentado en una jardinera, el barbón del overol los observa.

Camel City: Rosario

7 de septiembre de 1970
(284 días antes del secuestro)

—¿Eres mi nueva vecina de cuarto? ¿Y tú qué hiciste? —se asoma una pelirroja gordita y pecosa.

La escena te resulta, por lo menos, extraña: mientras habla, la chica corta con unas tijeras un vestido de noche color verde. Al parecer, de seda. (¿Qué diablos está haciendo?) Luego de rasgar un par de jirones los deja caer al suelo, donde hay retazos de otros colores y texturas. Luego hunde un cotonete en una botellita marrón y lo lame.

(¿Qué es eso?)

—Anda, dime, ¿por qué te trajeron? —la pelirroja muestra una sonrisa llena de ligas y alambres.

—¿Yo? —respondes—. ¿Por qué tendría que haber hecho algo?

(Ay, Rosario, sabes lo que hiciste. A nadie engañas con el cuento de que fue un accidente.)

—No te hagas la tonta —la chica hace otra pausa, se muerde las uñas—: caer aquí no es un premio. No sabes a cuántas he visto llegar casi a rastras, como perros que se orinaron en los muebles. Yo misma antes vivía en California. Bajo el hermoso cielo de Ca-li-for-nia. Pero me cogí a mi maestro de natación y ¡bum! me trajeron aquí. Por cierto, me llamo Harriet. Harriet Byrd.

—Soy Rosario —estrechas su mano—. Rosario Navarro.

La pelirroja vuelve a mordisquear la uña de su pulgar izquierdo. Luego toma una falda de lino y la rasga, recorta tres cuadritos. Después vuelve a su cuarto y trae un hermoso vestido rojo corte imperio que parece nuevo, incluso trae etiquetas de la tienda. También lo rasga. (¿Qué carajo?)

—¿Qué haces?

—La señorita Campbell nos está enseñando a reciclar la ropa vieja. En su taller de costura haremos un vestido de retazos. Y como éstos nunca me los pongo —muestra su sonrisa llena de alambres—. ¿En qué estábamos? Ah, sí, déjame darte un consejo: nunca, pero nunca, pongas tus cartas desde el buzón de la escuela: las abren, te lo juro. Revisan todo. Así es como saben lo que haces, lo que piensas y hasta lo que sueñas. Tampoco hagas llamadas, si es urgente marca desde cualquier teléfono público pero no digas nombres ni direcciones que puedan comprometerte. No es que vayas a librarte de ellos, pero así al menos no tendrás a Miss Henderson olisqueando tus calzones.

—¿A quién?

—Miss Laura Henderson, la vieja insoportable que pasó hace rato tomando lista. Es la decana y además da la clase de literatura. Pero ella no importa, es a los otros a quienes debes despistar. Tienen antenas, radares, satélites. Nada fácil, ¿eh? Para eso fueron a la Luna, allá están construyendo una estación para interceptar llamadas de todo el mundo. Nada aquí es lo que parece: Nixon jura que es para espiar a los soviéticos, pero en realidad es para vigilarnos a nosotros.

¿De qué habla esta gringa loca? Bueno, en algo tiene razón: nadie viene aquí por gusto. Papá te hizo creer que venían de vacaciones, que cuando menos él ya no estaba enojado por lo que le pasó al Bodoque. (No digas *le pasó*, Rosario, sabes que se lo hiciste tú.) El plan que papá propuso era dos semanas viajando en coche por la Costa Este. La primera parada fue New York. Desde la oficina de correos de Ellis Island le mandaste una postal a Ana María: *Lástima que no hayas podido venir, mamá, todo aquí es precioso. Por favor, perdóname, y cuida mucho*

28

al Bodoque. Besos, Rosario. Luego fueron a Washington. Desde allí le mandaste otra postal a tu prima Paula a Culiacán y compraste un pato de plástico para que el Bodoque pudiera babearlo ahora que le daba por meterse todo a la boca. Cada vez que llamabas a casa contestaba la criada. Y aunque procurabas mostrarte preocupada por la salud de tu hermanito, mamá seguía sin tomarte las llamadas. Ni cómo convencerla de que el Bodoque se te había caído por accidente, de que te dolía muchísimo que se hubiera roto un bracito y dos costillas.

La última escala fue Camel City. Para llegar tuvieron que rodar seis horas desde Washington. Un lugar al pie de Los Apalaches, con su *downtown* de calles limpias y derechitas, sí, pero sin chiste. Algo te olías: ¿por qué papá insistía tanto en traerte? ¿Nomás porque él tiene negocios aquí? Debes ampliar tu mundo, hija. Conocer de todo.

—Hey, mexicana, ¿dónde estás? ¿Me sigues?

La pelirroja truena los dedos. Luego vuelve a tomar el frasquito marrón, hunde el cotonete y lo lame otra vez.

(¿Qué rayos es eso? ¿Qué esperas, bruta? ¡Di algo!)

—¿Eh? ¿Qué es eso?

—México, reacciona. Te pregunté si puedes hacerme un favor.

Asientes. La chica deja el frasquito en el suelo y va a su habitación dando tumbos.

—¿Podrías mandar éstas desde el centro? —regresa, te entrega tres sobres de distintos tamaños—. En la farmacia venden estampillas. Las enviaría yo, pero me tienen vigilada.

En los caminos del sur: Fabián

5 de octubre de 2016,
Chilpancingo, Guerrero

Recuerdo la mañana de octubre en que Fernanda y yo salimos de la Ciudad de México rumbo a Guerrero con el coche repleto de maletas y cajas. El primer tramo del camino estaba cubierto de niebla, pero la niebla más espesa la cargábamos por dentro, pues no era un viaje de placer sino una mudanza forzada por la necesidad. Los últimos años habíamos resistido con lo que me pagaban en el periódico y con lo que Fernanda ganaba dando clases de francés en una prepa. Aunque ser editor de la sección financiera me gustaba, pagaba mal y exigía jornadas de diez, doce horas diarias. También a Fernanda le urgía un cambio. Su meta era conseguir una plaza como investigadora en alguna universidad. En los últimos meses había tenido entrevistas de trabajo en Hidalgo y Zacatecas, pero nada. Y no era la única razón que teníamos para deprimirnos. Estaba también lo del bebé. Es decir, que no había bebé. Deseábamos un hijo más que cualquier otra cosa, pero no habíamos logrado sacar adelante un embarazo. Resueltos a ser padres, llevábamos año y medio metidos en un laberinto de tratamientos médicos —píldoras, termómetros, cajas Petri— que se quemaron los pocos ahorros que teníamos. Fue entonces cuando Fernanda recibió la propuesta: en la Universidad Autónoma de Guerrero necesitaban un coordinador académico.

—No suena mal vivir en Acapulco —dije.

—Es que la plaza no es en Acapulco, sino en Chilpancingo.

Nuestro primer contacto con ese territorio fue muy distinto a lo que imaginábamos. Nos habían hablado de indígenas descalzos que mendigaban por las calles, de nubes de mosquitos, del virtual toque de queda que se imponía en la ciudad en cuanto caía la noche, pero nadie nos habló de caserones enclavados en la montaña con piscinas colocadas para tener vista panorámica, de mueblerías que exhibían comedores de doscientos mil pesos, de líderes campesinos que recorrían el estado en camionetas blindadas con choferes armados. Y todo eso también es Chilpancingo. Las primeras mañanas gotearon lentas: mientras Fernanda hacía los trámites para su incorporación a la universidad, yo patrullaba a pie los alrededores buscando dónde vivir. No faltaban sitios en renta: los había a pasto, pero todos con bemoles. Esa búsqueda fue un curso rápido sobre una ciudad llena de contrastes. Aprendimos que en colonias como Haciendita y Viguri era usual ver jacales con gallinas a la puerta junto a residencias de portones eléctricos, circuito cerrado y guaruras. Aprendimos que no era extraño que los habitantes de una colonia se quedaran sin agua durante un mes porque había muchas otras colonias que ni siquiera tenían tubería y sobrevivían acarreando pipas. No eran colonias marginadas, sino zonas clasemedieras. Aprendimos también que allí tampoco el asfalto alcanza para todos, pues cada año las lluvias arrancan el pavimento de muchas laderas. ¿Qué podía esperarse de una ciudad cuyos aguaceros promedian el doble que en Londres?

El sexto día encontramos una casa en renta a dos cuadras de la universidad. Más que una casa, parecía un búnker. Bardas altas, barras de acero tras las puertas. Por suerte, los trámites de arrendamiento no fueron muy tortuosos.

Luego de dieciséis años de hacer periodismo de finanzas yo estaba dispuesto a escribir, por fin, una novela.

Mi novela. Sería un policial ambientado en una pequeña ciudad gringa a inicios de los setenta. Con todos los elementos de un *thriller*, la historia tenía una base real: seis años atrás, mientras cubría un ciclo de conferencias en el club de banqueros, conocí en el bar a un anciano de apellido Lansky. Nacido en Cuba y exiliado en Estados Unidos al triunfo de la revolución castrista, se ganaba la vida como agente de tránsito hasta que, casi por azar, se había visto involucrado en la investigación del secuestro de una joven heredera. Antes de llegar a la tercera ronda de bebidas me di cuenta de que esa historia marcada por enigmas, amenazas de bomba y un par de cadáveres, merecía una novela.

Así, mientras Fernanda trabajaba, yo me encerraba en casa a escribir. Aunque cansada, nuestra rutina era sencilla, pues las salidas se limitaban al súper, a la lavandería y al único cine de la ciudad. Y si bien era cierto que cogíamos más, no puedo decir que lo hiciéramos mejor. No terminábamos de acomodarnos en nuestra nueva vida. Aunque evitábamos los periódicos y los noticieros, radio bemba jamás descansa, y en Chilpancingo las noticias viajaban no sólo en forma de rumores, también como balaceras nocturnas, sobrevuelos de helicópteros y una abrumadora presencia de soldados y policías con armas de alto calibre. En la universidad, Fernanda escuchaba historias terribles en boca de sus alumnos. Que no paraban las ejecuciones en Chilapa (cerca). Que las autodefensas instalaron un retén en Petaquillas (más cerca, a diez minutos). Que habían tirado los pedazos de una pareja desmembrada en la colonia Universal (cruzando la calle). La convivencia con sus alumnos la ponía en contacto con testimonios desgarradores. Así fue como las historias de sangre comenzaron a llamar a nuestra puerta. Aunque no lo sabíamos, la peor de esas historias estaba por llegar y se llamaba Viury.

Camel City: Rosario

11 de septiembre de 1970
(280 días antes del secuestro)

—En 1913, su primer año de operaciones, la empresa produjo y vendió más de un millón de cigarros. Tres años después, la estampida anual era de catorce millones —el guía señala un retrato al óleo de un hombre rubio, barbado, corbata de moño—. Y se estima que, en 1918, al morir nuestro fundador, el valor de la compañía superaba los cien millones de dólares de entonces. Algo así como un billón de dólares actuales.

Más que las cifras, te impresiona el sitio a donde las han traído de visita. Por un instante el vestíbulo te recordó tu casa de Culiacán (alfombras y candiles, escalera de caracol) pero bastó un vistazo para comprender que la fábrica de cigarros es una ciudad dentro de la ciudad: además del moderno edificio de veintiún pisos y tres enormes naves industriales, el complejo incluye Reynolda House, una mansión con sesenta habitaciones y pista de boliche, piscina, cine, vivero, campo de golf, establo, iglesia, galería de arte y lago privados.

(Esto es dinero en serio, caray.)

—Muy a pesar nuestro, aquí se prohíbe fumar —bromea el guía.

Además de los cuadros, el empleado comenta detalles de las alfombras, los tapices, los muebles. En un rato pasarán al área de producción.

—¡Ash, qué lata! ¿No te aburres? —la pelirroja te toma de la mano y te jala escaleras arriba.

Un momento después están en el segundo piso, en una especie de clóset. Cuando Harriet cierra la puerta quedan en una penumbra que le da al espacio cierta intimidad.

—Ay, México, discúlpame por lo del otro día. No vayas a creer que siempre soy así. El adrenocromo me pone mal, pero estoy aprendiendo a controlarlo.

(Dile que no te llamas México, te llamas Rosario.)

No han terminado de acomodarse cuando la pelirroja saca una cajetilla de Camel. De una cosa estás segura: no es tabaco la yerba que, con manos temblorosas, envuelve en papel de arroz.

—¿Qué no oíste? No se puede fumar.

—Créeme, nadie nos va a molestar —dice la pelirroja—. He venido aquí mil veces.

Luego acerca un encendedor al cigarro. Un humo blanco, dulzón y espeso se extiende en la penumbra. Tras la primera pitada, te ofrece.

(Pruébalo, bruta. Un toquecito nomás. ¿O te da miedo?)

Declinas en silencio.

—¿Sabes qué es gracioso, México? Que tanta gente se escandalice con la yerba pero sobre el tabaco nadie diga nada. Puedes fumarte una cajetilla en la escalinata del Congreso y da lo mismo.

—Claro, porque es legal.

—Allí está lo macabro. ¿No te parece raro que un montón de viejitos pueda decidir qué fumas, qué tomas, qué lees? Hace cuarenta años beberte una cerveza era delito, hoy no. Hace un siglo mi bisabuela tenía esclavos, pero no podía votar. A estas alturas que algo sea *legal* no significa nada.

La pecosa insiste en ofrecerte el cigarro encendido. Lo chupas pero sin jalar el humo.

(Ay, tonta, al menos finge que le das el golpe, vas a quedar como pendeja.)

—¿De qué parte de México eres?

—Del norte. Culiacán.

—Wow —Harriet abre los ojos—. ¿Has estado en Sonora?

—Claro. Mi papá tiene negocios allá.

—¿Negocios? ¿Qué tipo de negocios?

—Minas, fábricas, ranchos y una agencia de autos.

—¿Y conoces a algún chamán?

(¿Chamán? Esta gringa ha de creer que allá vivimos en chozas.)

—Me regalaron esto —la pelirroja hurga en su bolso, te muestra un libro—: *The Teachings of Don Juan*. ¿Lo conoces?

El título no te suena. Tampoco el autor.

—Está loquísimo. Hablan de una planta llamada *yerba del diablo*. Me pregunto cuánto de lo que dice aquí es verdad —continúa Hattie—. Porque una cosa es meterse ácidos, pero esto, ¡uf! Escucha: ...*quienes ven rojo no vomitan, la raíz produce un efecto de placer, lo cual significa que son fuertes y de naturaleza violenta: eso le gusta a la yerba.* Ay, México, ¿crees que puedas conseguirme un poco de esta planta? Te la pagaría muy bien.

(¿Yerba del diablo? ¿Qué es eso?)

Quizá la pelirroja advierte tus dudas, porque cambia la conversación.

—Oye, México, se me acaba de ocurrir algo para el proyecto de ciencias. ¿Será verdad lo que dicen? ¿Que los mentolados dejan estériles a los hombres?

—¿En serio? ¿No se les para? —preguntas.

—Dije estériles, no impotentes.

(Ay, Rosario, qué pendeja eres. Di algo.)

—¿Estériles? No creo —razonas—. Papá fuma como loco y tengo un hermanito que nació el año pasado. Aunque ahora que lo dices, me parece que él y mamá llevaban un buen rato intentando embarazarse.

Con cuidado, Hattie apaga el cigarro contra la suela de su zapato y guarda la bacha en la cajetilla. Abre la puerta de la habitación.

(Síguela, bruta, no te quedes así.)

Desde la planta baja llega el bla bla del guía, atenuado por alfombras y maderas.

—¿No deberíamos volver con el grupo? —preguntas.

—No te pierdes de nada, créeme —la pelirroja avanza por otro pasillo.

De pronto se detiene y señala un cuadro pequeñito.

—Mira éste. ¿Qué te dice?

(No lo arruines. ¿Qué puedes, qué debes decir? Ves sólo una tabla pintada. Manchas. ¿Colores? ¿Formas? ¿Qué?)

—No pienses, México, sólo mira. ¿Qué ves? Este cuadrito, no el vejestorio de allá abajo, es lo mejor que hay en toda la casa. Fue el regalo de papá por mis dulces dieciséis. Él quería darme un caballo purasangre, pero yo insistí en que quería este óleo.

Ríes, pero la pelirroja no. (¿Habla en serio?)

—¿Quieres decir que este cuadro… es tuyo?

—Mhmm —fuma y asiente—. Es mi pieza favorita, aunque tengo otras quince regadas por toda la casa. Hay otras veintisiete que son de mi hermano, y no sé cuántas de mamá. No me veas así: a papá le gusta comprar arte. Bueno, él nunca dice comprar, dice in-ver-tir. Cada cumpleaños nos regala lo mismo. No tiene tiempo para ver las piezas, pero le gusta tenerlas, saber que cada año valen más. A mí la única que me agrada es ésta porque la escogí yo: fue como darle al viejo una patada en las bolas, porque para él nada que tenga menos de cien años vale la pena. Ni en la pintura, ni en la música, ni en los libros. Yo le digo que una cosa es que el arte contemporáneo no valga la pena y otra que él no lo entienda…

(¿De verdad? ¿Todo esto es de su familia?)

—Papá se puso verde cuando se lo mostré —la pelirroja mordisquea la uña de su pulgar izquierdo—, dijo que parecían rayones de preescolar…

(Jaja, sí, se parece a los dibujos del Bodoque: plastas, manchas, monigotes.)

Hattie hurga en su bolso, saca otra vez el churro.

—¿Qué haces?

—¿Tú qué crees?

Segundos después una voluta de humo se enreda en el candelabro.

(Lo dicho, esta pecosa está loca. Muy loca.)

—... tuve que explicarle que los trazos son así porque el autor del cuadro es un veterano de guerra. Mi papá no entiende que el arte ya no se trata de belleza, o que belleza y perfección no son lo mismo: sólo un hombre con la vida podrida podría pintar esto y pintarlo así...

—Señorita, ¡apague eso! —ruge un guardia.

La pelirroja saca el humo lentamente. La nube se expande por la estancia.

—¡Señorita! ¡Aquí no se puede fumar!

—Oh, señor, cálmese. No hay por qué hacer tanto escándalo —dice la muchacha, te guiña un ojo y comienza a bajar por las escaleras.

—¡Apague eso! —insiste el hombre—. ¡Mire el letrero!

—¿Y si lo cambio por tabaco?

—¡Tampoco! —ladra el guía.

—Pero si fue con las ganancias del tabaco como mi bisabuelo construyó todo esto. En fin, supongo que papá le dará la razón a usted cuando le cuente.

Puedes ver el desconcierto en los ojos del guardia.

Una mujer se acerca: manotea, toma por los hombros al policía.

—¡Por dios, Bill! ¿Qué hace? Señorita Byrd, disculpe, no sabíamos que vendría.

En lugar de responder, la pelirroja termina de bajar las escaleras, tira en la alfombra el cigarro encendido y sale por la puerta principal.

Camel City: el agente Lansky

Dos días después del incendio, el jefe Dixon me mandó llamar y me hizo saber que había recibido un telefonazo muy importante. Resulta que el chaparrito pelirrojo era George Byrd III, el hombre más rico de la Costa Este y el principal accionista de la cigarrera.

—Habló muy bien de ti —resumió el jefe impresionado—. Me contó lo del tipo que se metió en sus oficinas. Dijo que lo manejaste como un profesional.

—Se escucha contento, jefe.

—Lo estoy, Lansky —respondió, palmeándome la espalda—. Tanto, que quiero darte una noticia: esta mañana el alcalde y yo decidimos que desde hoy serás el encargado de una nueva oficina: Relaciones con la Comunidad.

Bajo ese rimbombante título se ocultaba uno más de los muchos cambios que llegaron a Camel City durante aquel año maldito. Desde seis años antes, cuando se firmó la Ley de Derechos Civiles, cada departamento de policía debía tener una oficina encargada de atender a los que hoy llaman grupos minoritarios: chinos, negros, latinos… En ciudades como New York y San Francisco estas oficinas llevaban años funcionando, pero no en Camel City. Seguían en la memoria de todos pasajes como Birmingham, Selma y sobre todo Detroit. ¿Te acuerdas de Detroit en el '67, muchacho? Ese año, una redada en un bar clandestino se salió de control. Fueron varios días de disturbios, incendios, saqueos, disparos. Cuarenta y tantos muertos, más de mil heridos, siete mil quinientos arrestados. Si no hubo más muertos fue porque la Guardia Nacional mandó mil hombres de refuerzo. De todo eso me habló el jefe esa mañana.

—Seré directo, Lansky —dijo—. Hay razones para creer que algo parecido puede ocurrir aquí. Tu nueva tarea, en resumidas cuentas, es mantener el orden a como dé lugar.

Quizá pesó en la decisión que yo era el único en la comandancia que hablaba español, pues la presencia latina en la ciudad iba en aumento. Para nadie era un secreto que el ambiente de Camel City se iba enrareciendo. Qué digo enrareciendo, desde que años antes cuatro agitadores negros se atrincheraron en un Woolworth exigiendo que les sirvieran de comer en un mostrador reservado para blancos, el mundo se estaba volviendo loco: hippies marchando hacia el Pentágono con flores en las manos, madres exigiendo guarderías, maricones y lesbianas besándose en las calles… Carajo, de un día para otro el país se convirtió en un enorme manicomio donde los patos le tiraban a las escopetas. Por si fuera poco, tres días después del cumpleaños de mi hija, uno de los conejos comenzó a zurrarse sin control y a vomitar sangre. Luego le vinieron convulsiones. Pensamos que se debía a que Rachel le había dado sorbete de limón. El sorbete más caro de mi vida si consideramos lo que cobró el veterinario.

—¿Me permite una pregunta? —dijo el hombre, mientras me jalaba aparte.

Yo sólo atiné a afirmar en silencio.

—¿Dónde compró el animalito?

—¿Dónde va a ser? En una granja —mentí.

—Seré honesto, señor: le tomaron el pelo. Este conejo está muy enfermo. Convendría más dormirlo. Si usted me autoriza…

—De ningún modo. Es la mascota de mi hija. Haga lo que sea para salvarlo.

El pez por la boca muere, dice el refrán, y entonces comprendí por qué. En dos días la cuenta rebasaba los setenta dólares. Yo tenía que trabajar, y mucho. Para empeorar las cosas, la primera encomienda que recibí me dejó claro que mi nuevo cargo no era miel sobre hojuelas: una activista negra se había inscrito en una secundaria que sólo admitía blancos. Una provocación clarísima. Aunque al principio le fue negada la inscripción, llevó el asunto a una corte federal y el juez ordenó que fuera admitida, de modo que mi misión era escoltarla en su primer día de clases. No fue sencillo: una mano anónima había trazado insultos en la fachada de la escuela y tuve que ir yo mismo a borrarlos antes de que los alumnos llegaran a clases. Lo peor es que esa guerra también se libraba en hospitales, parques y hasta en centros de trabajo, pues los alborotadores aprovechaban cualquier cosa para desatar huelgas y mítines. Vivíamos sentados en un barril de pólvora.

Sí, muchacho, la vida no es como en los libros. En las novelas, Sherlock Holmes se mete en las venas un galón de heroína y sigue fresco para humillar a todo Scotland Yard. En el terreno de los hechos la cosa es muy distinta. Si lo sabré yo, que muy pronto no hallaba la salida de tantos pendientes. No vayas a creer que eran casos glamorosos, llenos de enigmas: lo mismo debía encerrar irlandeses borrachos por san Patricio que escoltar al alcalde en la inauguración de una cancha en el barrio latino. De todos esos asuntos, el más extraño comenzó a vislumbrarse la tarde del 30 de mayo, cuando recibimos el reporte de que casi cuarenta personas de color, armadas con antorchas y pancartas, gritaban consignas afuera del Palacio de Justicia.

Fui hasta allá. En efecto, los manifestantes se habían armado un jodido *mardi gras* en la escalinata del Palacio de Justicia. No bien llegamos, reconocí, con un altavoz en las manos, al joven de color que semanas atrás había atrapado en las oficinas de la Reynolds. Llevaba chamarra y boina negras. Por momentos abrazaba a una joven alta, de peinado afro y enormes arracadas. Se decían cosas al oído, se reían.

—A ver, muchacho, qué se traen —dije.

—Estamos realizando una legítima protesta por los atropellos en el juicio contra nuestra hermana Angela Davis.

—¿Angela qué?

—Davis, oficial. Me extraña que no sepa quién es: el asunto ha salido en la televisión, incluso el viejo Nixon ha hablado de eso. Nuestra hermana es injustamente acusada de participar en el asesinato de un juez. Además de que fue detenida ilegalmente, en prisión la tienen aislada, sin contacto con otros presos.

—Ah, pero eso es en California, muchacho. A dos mil jodidas millas de aquí. ¿Qué carajo tiene que ver con ustedes? Corten ya este numerito.

—Le repito que es un acto legítimo y no estamos violando ninguna ley. Hoy es ella, mañana podría ser cualquiera de nosotros. Por toda América hay grupos trabajando por liberar a la hermana Davis y a otros hermanos encerrados sin razón. Y no me digas muchacho, pies planos, que para ti soy el señor Howells —dijo antes de volverse hacia sus compañeros y seguir agitando las pancartas y gritando consignas—: No-estás-sola, No-estás-sola…

—Mírame cuando te hable —apreté su hombro, lo obligué a volverse—: Te puedo llamar cerdo si quiero, ¿te acuerdas del papelito que firmaste el día del incendio?

Con un ágil movimiento de basquetbolista, Howells se zafó y llevó su mano tullida al bolsillo de su chamarra. El instinto me hizo saltar hacia atrás. Pero el hijo de puta, en vez de sacar un arma, me mostró una cajetilla de Camel.

—¿Fuma, oficial?

Varios de sus compañeros, pero sobre todo su chica, le festejaron la gracejada.

Para mí era suficiente. Fui a la patrulla y, tras pedir refuerzos, les advertí por el altavoz que un escuadrón de control estaba en camino con la orden de arrestarlos. Algunos de los vándalos parecieron dudar, pero al ver la actitud desafiante de Howells, se mantuvieron en su sitio, cantando y con las pancartas en alto.

Por la razón o la fuerza: el profesor Ayala

18 de mayo de 1973,
Culiacán, Sinaloa
(979 días antes de la fuga)

Dos días después estás en la biblioteca revisando los trabajos de fin de semestre cuando Rosario, la chaparrita de ojos miel, se aparece de nuevo. Blusa blanca, minifalda de mezclilla y otra vez una mascada al cuello, ahora color beige.

—Buenos días, profe.

—¿Cómo está, Rosario?

—Mejor —deja sobre la mesa un abultado sobre manila—. Sólo quería pasarle mi expediente y decirle que llevo tres días sin tomar mi tratamiento. Usted me hizo decidirme.

—Pero si yo nunca…

—Fue por una cosa que mencionó en clase. Eso de que es mejor ser un humano insatisfecho que un cerdo satisfecho. ¿Quién lo dijo?

—Stuart Mill. John Stuart Mill.

—¿Y cuándo lo dijo? Es que se lo repetí a mi terapeuta pero nunca pude acordarme…

—Viene en su tratado *Sobre la libertad.*

Mientras la muchacha garrapatea el nombre en una libreta apoyada en sus piernas, percibes su perfume cítrico. La libreta resbala y va a dar al suelo. Al agacharse, su mascada también cae y eso te permite ver una enorme cicatriz en el lado izquierdo de su cuello. ¿Un navajazo, un accidente?

—¡Rosario! —grita alguien desde la puerta.

Es el barbón del overol.

—¡Voy! —apresurada, la muchacha guarda sus cosas en el bolso.

Sale tan rápido que la mascada vuelve a caer y ella no se da cuenta. Desde la ventana ves cómo la pareja cruza la calle y sube a un Impala anaranjado convertible que debe costar un dineral. Él va al volante. ¿Cómo ese vago maneja un coche así?

Aunque el semestre está por terminar, durante los siguientes días cargas la mascada en tu maletín por si te topas a Rosario. Por la etiqueta te das cuenta de que es un trapo caro, importado.

Por la tarde, mientras la lluvia azota la ventana del cuarto que rentas, reparas en el expediente de la chica y comienzas a hojearlo: te enteras así de que apenas dieciséis meses atrás Rosario fue arrestada y acusada de participar en un secuestro en Camel City, una pequeña ciudad norteamericana. Una compañera suya de la escuela desapareció y, tras meses de investigaciones, la policía encontró el sitio donde una banda de plagiarios tenía a la muchacha. El rescate derivó en un violento tiroteo. Aunque había evidencia suficiente para condenar a Rosario, pues custodiaba a la víctima en ese momento y se resistió al arresto, la defensa demostró que la mexicana padecía un brote psicótico y estaba fuera de sí. El expediente incluye un par de diagnósticos médicos e incluso una transcripción de las erráticas declaraciones de la acusada, cuyas respuestas en los interrogatorios policiales estaban llenas de contradicciones. De la lectura se desprende que con frecuencia Rosario escuchaba voces que le daban órdenes o la insultaban. Fue declarada inimputable. A partir de ese día, a cada rato te descubres pensando en ella: te llaman sus ojos amielados, sus piernas jóvenes, el enigma de la cicatriz que casi exige ser tocada. El asunto te distrae tanto que en el juzgado te ganas un regaño:

—¿Cómo van esos embargos, Ayala? ¡Aplíquese!

Cuarenta minutos más tarde, con una orden judicial en mano y acompañado por tres policías abotagados por el calor, tocas en un viejo portón por el rumbo de La Redonda. Toc toc. El sol castiga y un par de perros flacos los observan desde el charco lodoso al que se han metido para refrescarse. Comienzas a sentir que los días son variaciones del mismo guion: viviendas pobres, sin terminar, con techos de lámina y piso de tierra. Insistes: toc toc toc. El portón se entreabre y una mujer morena de ojos cansados se asoma con recelo:

—Venimos a cumplir una orden judicial —recitas—. Depende de usted que esto se resuelva por la razón o la fuerza. En este momento le requiero el pago de tres mil ciento doce pesos que adeuda a…

Por lo general las reacciones de los embargados entran en un rango muy pequeño de posibilidades: desde los que se asustan y prometen pagar pronto hasta quienes se atrincheran o se ponen violentos. Esta mujer entra en el grupo de los azorados.

—Pues yo…

—Escuche, señora: si usted en este momento no paga esa cantidad, la tiene que garantizar con bienes.

De pronto alguien, desde adentro, cierra el portón.

—¡Chinguen a su madre, no vamos a pagar! —grita una voz de hombre.

—Evítese problemas —respondes con un tono inalterable—. Traigo autorización firmada por un juez para romper cerraduras y tirar puertas. Le advierto que, si eso ocurre, será a su costo.

—¡Lárguense! —insiste el hombre.

El siguiente paso es decirle a uno de los guardias con voz fuerte y clara:

—Oficial, pida apoyo. Que manden dos patrullas más por si tenemos que remitir a alguien. Y tráigase las barretas para entrar.

La escena ha ocurrido demasiadas veces como para que te sientas mal. Casi a diario vives variaciones de este drama que las primeras veces te metía en conflicto, pero que a punta de repetirse ya no significa nada. Si la puerta se abre por las buenas, tanto mejor. Si no, salen a relucir barretas y cizallas para forzar puertas, candados y cadenas.

El interior de los hogares también se parece en todos los casos: viviendas de un solo cuarto dividido en dos y hasta en tres por sábanas percudidas colgadas con mecates; cocinas apenas equipadas con miserables anafres o parrillas eléctricas. Ah, pero eso sí, todos quieren televisores, tornamesas, radios, aunque eso implique endeudarse. Tu labor es localizar la mercancía o en su defecto algo que pueda saldar la deuda.

Por la noche, al llegar a tu cuarto, destapas una Pacífico y te tumbas en la cama. En tu buró, junto al expediente de Rosario, aguardan un gastado ejemplar de las *Confesiones* de san Agustín y un número atrasado de *Playboy*. Optas por la revista. Mientras bebes y hojeas te divierte pensar que la Iglesia documenta y exalta los casos de herejes que abrazan la fe, como san Agustín y san Ignacio, pero jamás habla de quienes toman la ruta en sentido contrario. ¿En qué punto del viaje estás tú? De pronto, algo en la revista llama tu atención: una modelo usa un vestido de retazos muy parecido al que traía Rosario Navarro la primera vez que la viste. En vano buscas su cicatriz en el cuerpo perfecto de la modelo. Quizá sólo estás ebrio o te hace falta una mujer, Bernardo, un cuerpo al que agarrarte en estas noches en que ronda el diablo.

Sacas de tu maletín la pañoleta de Rosario. Quién viera al seminarista asustón de hace veinte años haciéndose puñetas con la mascada de una desconocida. Manipulas tu miembro mientras miras la revista: tus ojos exploran la cintura, las nalgas, la promesa de un pezón que se asoma tímido. Luego te concentras en sentir el contacto con la seda. Tu mano va y viene hasta que eyaculas sobre la tela un gargajo blanco y viscoso. Después tu atención vuelve al expediente de Rosario. ¿Dónde estará en este momento, viernes a las once y veinte de la noche? ¿Paseando a orillas del Tamazula? ¿Encerrada en su casa? ¿Cogiendo a pie de carretera con el zarrapastroso en el asiento trasero del Impala? Da lo mismo porque una cosa es segura: no está pensando en ti.

Camel City: Amapola

9 de enero de 1972,
10:33 a.m.
(13 horas y 29 minutos antes del rescate)

—Le juro que me lo encontré. Si lo recogí es porque enseguida se miraba que era bueno. Mire, no voy a cargar con algo que no hice. Si lo que buscan es algo para regresarme, basta y sobra con que no tenga papeles.

—No digas mentiras, *greaser* —interrumpe Lansky—: ¿De dónde sacaste el vestido?

—Ya se lo dije, de la basura.

—¿Cómo que de la basura?

—Se lo juro, estaba tirado.

Sentada en una silla plegable, la mujer lleva a la cabeza las manos esposadas para aplacar los mechones de cabello oscuro que escapan de sus trenzas. Luego toma una punta de su delantal y se seca las lágrimas y el sudor, pues aunque afuera está nevando, el ambiente en la sala de interrogatorios es sofocante.

El agente Lansky se levanta, va al rincón y sirve café en un vaso desechable. Luego vuelve a sentarse. Sus dedos tamborilean sobre la superficie de la mesa.

—No sé si comprendes el tamaño del problema en que estás metida —Lansky se afloja el nudo de la corbata, suelta aire por la nariz—. Yo no soy de Migración ni quiero regresarte a México. Al contrario. Te vas a quedar aquí porque tienes muchas cosas que explicar. Y en cuanto confirmemos que el vestido es el que usaba la chica Byrd cuando desapareció, te voy a encerrar por muchos años. Así que mejor di la verdad. Empecemos de nuevo: ¿nombre?

—Amapola García Neri.

—¿Edad?

—Treinta y tres años.

—¿Cuánto hace que vives en los Estados Unidos?

—Desde 1957.

—Te repito que tu declaración está siendo graba-
da —el hombre señala un micrófono sobre la mesa—.
¿Dónde fuiste detenida?

—En el centro.

—¿Puedes ser más específica?

—En la esquina de Lexington y Spruce.

—Apúntalo aquí.

—Ya le dije que no sé ni leer ni escribir.

—¿Qué hacías en ese sitio?

—Allí vivo.

—¿Allí?

—Rento una traila.

—¿Desde cuándo?

—Catorce años y medio.

—¿Quién más vive contigo?

—Nadien.

La mujer mantiene la vista en el piso. Llora, descansa en la mesa sus muñecas esposadas.

—¿En qué trabajas?

La mujer entrelaza los dedos, intenta disimular el
temblor de sus manos.

—¡¿En qué trabajas?! —insiste Lansky.

—Tengo un puesto de comida en el mercado de
Waughtown.

—Ésa es tu tapadera, mexicana. Pero ya sabemos
cuál es tu negocio real: vendes drogas.

—No, patrón, ¿cómo?

—Te conocemos más de lo que crees. Así que dinos
dónde está la niña.

—¿Cuál niña?

—La dueña del vestido.

—Ya le dije. Ese vestido me lo encontré botado en la basura.

—¿Cuándo, dónde?

—En un contenedor. De principio creí que era una cobija, pero luego vi que era un vestido. Un trapo caro, como los que usaba mi patrona en México…

—¿Tirado así, como si nada? No sé cómo pretendes que nos traguemos ese cuento.

—Así fue, qué quiere que le diga.

—La verdad. ¿Dónde está la niña, quién la tiene?

Amapola no habla. Sus ojillos cafés miran al suelo, a las paredes y otra vez al suelo. La puerta se abre y un uniformado entrega un sobre a Lansky mientras murmura algo a su oído. Intercambian dos, tres frases. Tras unos segundos, el uniformado sale. Lansky muestra a la mujer un tubo de ensayo con un líquido transparente.

—¿Sabes qué es esto?

—¿Agua bendita?

—No. Es uno de mis juguetes favoritos. Se llama luminol y brilla si hubo sangre en un lugar. Porque la sangre es necia, ¿sabes? Y muy chismosa. Por más que uno trate de limpiarla, algo queda. Y esto de acá son los análisis del laboratorio. Resulta que cuando le pusimos luminol al vestido, brilló más que un jodido pino de Navidad. Aunque se veía limpio tenía muchos rastros de sangre, y no sangre cualquiera, sino de un tipo rarísimo: O negativo. Curiosamente, es el tipo de sangre de la chica secuestrada. Así que hazte un favor y dinos la verdad.

En los caminos del sur: Fabián

16 de enero de 2017,
Chilpancingo, Guerrero

Para cuando llegamos a vivir a Chilpancingo, Fernanda y yo llevábamos ya casi nueve años de conocernos y seis de vivir juntos, de modo que era fácil pensar que muy pocas sorpresas podía haber entre nosotros. Pero las había. Siempre las hay. Por más que crea uno conocer a la persona con quien vive, algo queda en la sombra, agazapado.

No sé si dije ya que fue ella quien decidió cambiar de lavandería. No me extrañó que lo hiciera. Aunque no tenía por qué darme explicaciones, me dijo que le molestaba el mediocre servicio que daba el negocio de la esquina: cuando no picaban la ropa, la encogían, la decoloraban o le dejaban manchas. Y aquí llega la palabra maldita, pues para entonces el tema de las manchas era mucho más que un capítulo de mi vida con Fernanda.

Fue su idea que probáramos la lavandería que estaba frente a la plaza Las Banderas. Una de sus alumnas, Viury, trabajaba allí. Morena, un poco gordita, de largo cabello negro y profundas ojeras, llamaba la atención sobre todo por el tatuaje que llevaba en la clavícula izquierda: un murciélago con las alas desplegadas. La combinación de lipstick negro, rímel y unas botas estilo militar la hacían parecer extra de una película de vampiros de bajo presupuesto.

—Usted es el esposo de la doctora Fernanda, ¿verdad? —dijo la muchacha, mientras extendía en el mostrador las prendas que acababa de entregarle.

Cuando le pregunté cómo lo sabía, señaló una falda Hermès.

—Nadie más en la ciudad tiene una así.

Señaló después una mancha marrón en unos jeans gastados y un poco percudidos. La sangre no se quita, dijo, y agregó que la mejor forma de sacar estas manchas es lavar de inmediato con agua fría y luego con agua caliente. Porque no hay nada tan difícil de limpiar como la sangre, agregó.

Yo hubiese olvidado sus palabras de no ser porque me pareció tremendo que estuviéramos hablando de cómo limpiar sangre en un territorio que vivía su año más violento. Porque en Chilpancingo las ejecuciones y los tiroteos eran cosa de todos los días. Tanta sangre terminaba por meterse en las casas. No pasaría mucho antes de que viera que en la trastienda, junto a su hamaca, Viury había fijado un cartel con una ilustración dantesca: un chivo llevado en andas como un monarca por encima de una multitud ahogada en sangre, entre empalados y descabezados. Era la portada de *Reign in Blood*, de Slayer.

Pero quizá me estoy adelantando, pues antes de enlistar aquí las obsesiones de Viury debería mencionar las de Fernanda: años atrás, la primera vez que visité su departamento, me llamó la atención un cuadro que ocupaba el sitio de honor frente a la cama. Una pequeña pintura al óleo que recrea un momento íntimo entre tres amantes que comparten el lecho. A la derecha, una mujer y un hombre se abrazan con pasión, mientras a la izquierda una compañera desnuda se reclina en postura relajada, hasta podría decirse que satisfecha. Yo, que me había bebido unas cervezas, besé a Fernanda. Ella me correspondió, pero cuando intenté quitarle la falda me tomó de las manos:

—Hoy no puedo —atajó—: estoy en mis días.

El cuadro, titulado *Les trois amants*, había sido pintado por Théodore Géricault a inicios del siglo XIX. A Fernanda le fascinaba porque era una obra transgresora para la opresiva moral de su época: dada su carga eróti-ca era una pieza secreta, hecha para jamás ser exhibida. Por supuesto, el lienzo que ella tenía era una copia que le había comprado a un *pauvre peintre sur les bords de la Seine*. Fue la primera vez que la oí hablar en francés. No lo hacía con la impostada pretensión con que se insultan ciertos aprendices de escritor, sino con una abrumadora naturalidad que me hizo verla de otra manera. En esa misma conversación me enteré de que tenía treinta y cuatro años y no veintinueve, como en un principio me había dicho, y que acababa de volver al país tras concluir un doctorado en La Sorbonne con una tesis sobre el concepto de moral en los *Diarios* de André Gide, escritor a quien leía obsesivamente.

Nada sabía yo entonces de Gide. En unos minutos ella me puso al tanto de la vida y obra de ese autor contradictorio, cambiante, que rompió con los férreos valores en los que fue educado: por períodos era un fervoroso creyente mientras que en otros era un furibundo agnóstico, reivindicó la homosexualidad y la pederastia, abrazó el comunismo para después rechazarlo y condenar lo que llamaba «los pecados soviéticos». Casado con su prima, no llegó a consumar su matrimonio porque sólo los jovencitos lograban excitarlo, aunque incluso a esa obsesión le fue infiel, pues tuvo en secreto una hija con una amante. A su muerte, en 1952, la Iglesia condenó la totalidad de su obra.

—Dicen que era un gran pianista —agregó Fernanda—. Y subrayo el *dicen* porque jamás lo tocó en público como no fuera para sus amantes. En alguna parte de sus diarios explica: «En la escritura como en el piano: toco mejor cuando no me sé escuchado». ¿No es increíble? Tal como Géricault pintó para sí mismo, Gide tocaba y escribía esos diarios sólo para sí.

No supe bien a bien qué responderle.

—Por eso me fascinan los diarios —prosiguió Fernanda—, si lo piensas, son la forma literaria más honesta cuando se escriben para ser leídos sólo por su autor.

Acaso consciente de la brecha que nos separaba en términos académicos, Fernanda hablaba poco de sus años en Francia. Yo sabía, por ejemplo, que allá había conocido a su mejor amiga. Estudiante en el Instituto de Estudios Políticos de París, Eva era una inquietante tapatía con la que había compartido departamento por cuatro años. Morena y voluptuosa, Eva no pasaba desapercibida en la Ciudad Luz, donde le sobraban pretendientes. Al terminar sus estudios, la muchacha se había casado con Pierre, directivo para Latinoamérica de una compañía de lácteos. Tras el regreso de ambas a México, las amigas seguían frecuentándose, aunque cada vez menos.

Fernanda y yo hablábamos, eso sí, de literatura. Todo el tiempo. No tardamos en descubrir que en ese renglón embonábamos tan bien como en la cama, pues el hecho de haber ingresado por puertas opuestas en el salón de las letras hacía que nuestras lecturas fueran muy distintas y, por lo tanto, complementarias. Mientras yo era un periodista de finanzas aficionado a las novelas policiacas, ella era una académica asidua de los novelistas franceses, así que a mi entusiasmo por el *hard boiled* se contraponía su pasión por el *nouveau roman*. En nuestras bibliotecas había muy pocas coincidencias: *Las gomas* de Robbe-Grillet, *Rayuela* de Cortázar, *La pesquisa* de Saer y alguno más. No obstante, con el paso de los días fui dándome cuenta de que no toda la experiencia estaba de su lado. Tantos años de estudio tenían la desventaja de que Fernanda nunca había tenido un empleo formal. Daba clases de francés, claro, y también había escrito decenas de artículos para revistas arbitradas, pero no tenía idea de qué era un reloj checador, una hoja rosa del IMSS o una declaración patrimonial. Como alguno de sus profesores le había dicho, se conducía con la candidez del venadito que ve pasar los tráileres desde la orilla de la carretera. Allí, en el renglón de los saberes cotidianos, yo me sabía o al menos me sentía necesario para ella.

Cuando decidimos vivir juntos, el cuadro de *Los tres amantes* se mudó con nosotros a un cuarto piso de la colonia Roma. Fernanda lo colocó en su estudio. Sólo una vez pensó en quitarlo de allí. La razón no era menor. Estábamos a punto de cumplir tres años como pareja cuando descubrió que estaba embarazada. No fue una sorpresa, pues casi un año antes había dejado de tomar sus píldoras. Pero al contrario de lo que yo pensaba, la gravidez la llenó de miedos y llevó los rigores de la dieta a niveles impensables: dejó de tomar té, café, pescados y mariscos, embutidos, cualquier tipo de queso. Me hacía lavar el pollo como si fuese radiactivo. El embarazo, por suerte, caminaba viento en popa.

Una tarde que Fernanda y Eva estaban en el cine, mi esposa se levantó al baño a mitad de la película. Cuando pasó media hora sin que regresara, su amiga fue a buscarla y la encontró llorando, abrazada al escusado y con una mancha roja creciendo por su falda. Acabó así un embarazo que estaba a punto de cumplir diecisiete semanas.

El aborto fue causado por una incompatibilidad severa entre nuestros tipos sanguíneos. Trataré de explicarlo: por una proteína, la sangre puede ser positiva o negativa. El famoso factor Rh. Si tienes la proteína tu Rh es positivo. Si no, eres negativo. Cuando una mujer Rh negativo (como Fernanda) y un hombre Rh positivo (como yo) conciben un hijo, surgen problemas

61

durante el embarazo e incluso después del parto. Por lo general, la incompatibilidad Rh no es un problema cuando se trata de un primer embarazo, ya que la sangre del feto y la de su madre no entran en contacto durante la gestación. No obstante, la mezcla de sangres puede ocurrir durante el parto, en alguna transfusión de sangre o en un aborto espontáneo. Si así sucede, el cuerpo de la madre identifica la proteína Rh como una sustancia extraña y produce anticuerpos que la atacan. Si en un embarazo posterior el feto es Rh positivo, los anticuerpos de la madre pasarán al torrente sanguíneo del bebé para atacar esa sangre desconocida. Ahora sé que basta aplicar dos inyecciones de inmunoglobulina Rh durante el primer embarazo para prevenir las complicaciones. Pero antes no lo sabíamos.

Aunque Fernanda intentó limpiar la falda de muchas maneras, la prenda terminó en la basura. Empezó a odiar las manchas. De nada sirvió que su terapeuta le dijera que los abortos espontáneos son mucho más frecuentes de lo que nuestra sociedad acepta. Que callarse o negarlo no haría sino acrecentar su duelo y la sensación de vacío. Obsesiva, Fernanda hizo a un lado sus investigaciones literarias y empezó a documentarse: que si uno de cada cinco embarazos terminaba así, que si la mitad de las mujeres pasaban en algún momento de su vida por el trance de perder un bebé. Entonces comenzó lo que llamo nuestra etapa de sexo académico. Por iniciativa suya iniciamos una bitácora de nuestra vida íntima. Fernanda calculaba sus días y hasta sus horas fértiles. Anotaba con precisión el día, la hora y la posición en que lo hacíamos. Y cada mes se repetía la frustración cuando, puntual, llegaba la regla. Poco a poco, el tema fue modificando todos los aspectos de nuestra vida. Famosa entre sus alumnos por usar minifaldas y jeans ajustados que realzaban su cintura y su trasero, comenzó a usar ropa más holgada. Vinieron después los coitos programados, la hiperestimulación ovárica, los conteos de esperma, de modo que dos años después, cuando nos mudamos a Chilpo, yo creía que nada podía sorprenderme. Estaba muy equivocado.

Camel City: el agente Lansky

18 de junio de 1971
(día del secuestro)

Gracias a la manifestación del 30 de mayo aprendí muchas cosas sobre Albert Howells, el activista de color. Por ejemplo, que era militante del Black Panther Party, organización nacionalista negra, socialista y revolucionaria que tenía como estrategia principal reclutar pelotones armados para patrullar por las noches las calles de Happy Hill, el barrio más conflictivo de la ciudad. Que de muy joven había pasado por varios centros de detención de menores en distintos puntos del país y más tarde había pisado la cárcel por delitos como asalto a mano armada, asesinato y posesión ilegal de armas. Durante su estancia en alguna de esas cárceles se había vuelto musulmán.

—El tipo es peor que una garrapata en el culo —me dijo el jefe Dixon—. Como el resto de su calaña, estudia Derecho para saber cómo torcer la ley. Te recomiendo que te hagas respetar.

Era un buen consejo: usando su confesión firmada conseguí que le dieran sesenta días de arresto en una celda de castigo. Pasaría cada minuto de esos dos meses muerto de hambre, vigilado las veinticuatro horas por una cámara de circuito cerrado, rodeado únicamente por tres paredes, un colchón y un lavabo. De nada sirvió que sus compinches se manifestaran afuera de la comandancia para exigir que Howells fuese presentado. Tampoco sirvió que, en primera fila, levantando una pancarta, estuviera la mujer alta de cabello afro y enormes arracadas que lo acompañaba en la protesta. Era su esposa y exigía verle. Pero como los patos no le tiran a las escopetas, pedí que reforzaran el castigo. Las únicas personas con quienes Howells interactuaría serían sus vigilantes, a quienes no se les permitía hablarle. Los celadores lo dejarían salir una hora al día a un pequeño patio en el que podía dar ocho pasos en cada dirección y mirar al sol a través de un techo de malla metálica. Mi objetivo era minar su resistencia, joderlo tanto que prefiriera largarse del condado. Estoy seguro de que así habría sido si un asunto más urgente no se hubiese atravesado en mi camino: el viernes 18 de junio por la noche, a las 10:14 p.m., la hija menor de George Byrd III fue secuestrada de su dormitorio en el Instituto Salem. La muchacha, en paz descanse, se llamaba Harriet. Estaba encerrada en su pieza ensayando las líneas de fagot que dos días más tarde tocaría con la sinfónica de la ciudad en la ceremonia de graduación. Según decían sus compañeras, no era buena pero ensayaba a diario. Además, algo debía pesar el hecho de que su padre presidiera el patronato de la orquesta. Ya sabes, muchacho, *in* gold *we trust*. La cosa es que la noche del secuestro las chicas escucharon gritos, forcejeos y tres tiros de fusil. Desde la planta alta del edificio, donde varias alumnas se refugiaron, siete chicas vieron una silueta bajita y calva que arrastraba un bulto y lo trepaba en una combi amarilla. Aunque el secuestrador debió usar la puerta principal del edificio para salir —pues las ventanas de todo el instituto estaban selladas—, no había señales de que la entrada hubiese sido forzada. Otras evidencias importantes eran las balas incrustadas en los muros del hall, además de tres casquillos de bala calibre .30. Un rastreo con luminol reveló que en la puerta del dormitorio alguien había trazado con sangre una palabra con grandes letras: PIG. Aunque se trataba de una pinta vieja que alguien había tratado de borrar, no era una buena señal: en la memoria colectiva seguían frescos los detalles de la muerte de Sharon Tate, actriz asesinada tres años atrás en Los Angeles por miembros de la extraña secta dirigida por Charles Manson. Las imágenes le habían dado la vuelta al mundo: con la sangre de Tate, los asesinos habían trazado la misma palabra en la escena del crimen.

Los padres y el hermano mayor de la chica Byrd estaban en Ibiza, en su casa de verano. Aunque el plan era que la muchacha los alcanzara allá terminado el semestre, el secuestro lo trastocó todo: apenas les notificaron lo ocurrido, los Byrd emprendieron el regreso a Camel City. Las primeras horas eran cruciales. Se esperaba que en cualquier momento los plagiarios establecieran contacto, y se especulaba que exigirían una cifra de muchos ceros. Aunque el gobernador puso a sus mejores hombres a disposición del caso, el viejo Byrd los rechazó: no sólo dijo que desconfiaba de las investigaciones multitudinarias, agregó que, dada la forma en que se habían desarrollado los hechos, parecía evidente que el secuestrador era muy cercano a la chica, alguien que conocía sus rutinas y sabía moverse dentro del internado. Un gran operativo sólo pondría en riesgo a la muchacha. En su defecto, el magnate pidió hacerse cargo él mismo de las tareas de búsqueda y rescate. Su primera sugerencia fue hacer polígonos, término que para la policía significa poner retenes para cazar a los secuestradores como ratones.

—No podemos cerrar las carreteras así como así, señor —argumentó el jefe Dixon—. No sin explicar por qué.

—Siempre hay manera —reviró Byrd, mientras abría un habano usando un cortapuros—. Disfrace los retenes de filtros sanitarios: acuerde con las autoridades de salud una alerta por mosquita blanca. Que sus agentes repartan folletos sobre los daños que causa en los plantíos de tabaco y verá que todo el mundo permite que revisen sus autos en busca de alimentos o plantas infectadas. Si alguien se resiste, métalo a la lista de sospechosos.

No era tonto el millonario. Y si es cierto que con dinero baila el perro, desde esa noche quedó claro que los Byrd tenían suficiente para zangolotear dos continentes: aunque faltaban cuatro años para que el Concorde operara en forma comercial, desde 1969 había vuelos privados, así que gracias a sus contactos los padres de la muchacha llegaron de Ibiza sólo seis horas y media después del secuestro.

—Quiero acceso sin restricciones al internado —dijo el viejo Byrd al gobernador en una reunión en donde quedó claro quién le daba órdenes a quién.

De aquellas primeras pesquisas saltaron detalles importantes: varias alumnas acusaron a la vecina de habitación de la víctima, una mexicana llamada Rosario Navarro, de haber hecho la macabra pinta en la puerta del dormitorio. Según dijeron sus compañeras, eran frecuentes las peleas entre ambas. Aunque la mexicana admitió haber trazado el letrero semanas atrás, sostenía que el episodio se había debido a un malentendido que nada tenía que ver con el secuestro. Juraba que había resuelto sus diferencias con Harriet y ahora eran amigas. Aseguraba además que la noche del secuestro había ido al cine con una compañera tailandesa. Durante el interrogatorio la muchacha estaba tan nerviosa que mezclaba frases en inglés y en español. Entonces el viejo Byrd pidió alguien que le ayudara a traducir. Dado que hasta los seis años viví en La Habana, yo era el único en todo el departamento de policía que hablaba ese idioma. Así que, sin consultar con nadie, el millonario me nombró su asistente en las pesquisas. Lo primero que hicimos fue revisar la habitación de la secuestrada.

—Abra bien los ojos, Lansky. Busque cosas fuera de lugar —dijo masticando su habano.

Yo no acababa de entender a qué se refería, pues el dormitorio era un caos de ropa, discos, zapatos, libros, estuches de maquillaje. Sobre una mesa, junto al boleto del vuelo a Ibiza que Harriet debía abordar tres días después, había una caja de chocolates a la mitad, seis o siete trajes de baño y una cinta de medir. En la cama, una maleta abierta contenía sólo un par de revistas de moda, unas alpargatas y un sombrero para el sol. De pronto el viejo se inclinó sobre el colchón y señaló el estuche del fagot. Consigne esto como prueba, dijo. Yo le pregunté por qué no asegurar también la caja de chocolates o los trajes de baño.

—Piense como policía, no como mucama: la prueba no es el estuche, sino el hecho de que está vacío. ¿Dónde quedó el instrumento?

El cabrón era un sabueso y no tardó en probar que sus sospechas eran ciertas.

Por la razón o la fuerza: el profesor Ayala

24 de mayo de 1973,
Culiacán, Sinaloa
(2 años, 7 meses y 26 días antes de la fuga)

El último jueves del semestre se repite la escena en casi todos los detalles: estás preparando tu clase cuando Rosario llega y se instala en tu mesa. Ahora usa un pantalón de mezclilla ajustado en las caderas y acampanado en los tobillos, además de una blusa azul muy ligera pero con cuello de tortuga. Ahora que has visto su cicatriz te resulta obvio que intenta ocultarla. Lleva suelto el cabello y unos enormes anteojos oscuros. Deja sobre la mesa una bolsa de coricos.

—Para su café, profe.

La sangre se te sube a la cara. ¿De dónde sale esta timidez, este motín en las tripas? ¿No eres tú el maestro? Pinche Bernardo, a tus casi cuarenta te comportas como un colegial. Debió ser eso lo que te hizo colgar los hábitos cuando te faltaba tan poco para ordenarte sacerdote. Pero qué le pasa, ladró el rector cuando le comunicaste tu decisión en una carta. Mejor dicho, tu indecisión. No tardó ni media hora en mandarte llamar. Deje de hacerse güey, Ayala, admita que no se va del seminario por falta de fe, sino por calentura. ¿O qué, cree que no sé lo que hace los sábados?

—¿Profesor Ayala?

Ella, Rosario, sigue hablándote.

—Perdóname —reaccionas—, estaba distraído.

Te inquieta presentir sus ojos ambarinos tras los lentes oscuros.

—Vine a pedirle mi expediente. Siempre no me voy a casar.

—Ah, caray, ¿qué pasó?

—Usted tenía razón, profe: Clemente resultó un hijo de la chingada y un vividor. Cada lunes y martes tenía que prestarle dinero dizque para pinturas, para pinceles y bastidores, hasta para pagar la renta del cuartucho donde vive. Lástima que cuando me di cuenta ya era tarde.

—¿Tarde?

Con cuidado, Rosario se levanta los anteojos oscuros: casi cerrado, su ojo izquierdo luce inyectado de sangre, el párpado y el pómulo inflamados acusan tonos violáceos y verdosos.

—Caray, un golpe fuerte. Supongo que levantaste una denuncia.

—¿Para qué? ¿Serviría de algo? En fin, profe, nomás vine a pedirle mi expediente y a contarle que algo bueno ha salido de todo esto. Mi papá me ha dado permiso de inscribirme en la facultad, así que me verá seguido por aquí. Por cierto, estoy leyendo éste, ¿lo conoce?

De su bolso saca un libro de pastas verdes: John Rawls, *Theory of Justice*.

Niegas con la cabeza.

—Me lo dio mi terapeuta. A partir de las ideas de Stuart Mill, este señor propone su propia teoría de la justicia. Creo que a usted le gustaría. Pero perdóneme, prometo ya no quitarle el tiempo.

Te halaga la forma en que esta niña te mira. Si no te pusiera tan nervioso.

—Al contrario —intentas sonar amable—. Tus búsquedas demuestran que tienes una mente inquieta, ya quisiera yo que mis alumnos leyeran por gusto a Stuart Mill y a ¿cómo se llama…?

—Rawls. John Rawls.

—Y dime, Rosario ¿qué dice Rawls? —la tuteas—. Ayuda a este pobre viejo a actualizarse.

La ves sonreír por primera vez mientras su mano se refugia bajo el cuello de tortuga.

Camel City: Rosario

12 de diciembre de 1970
(188 días antes del secuestro)

Es la segunda vez que marcas a tu casa en Culiacán y te contesta la chacha: sus papás no están, señorita Rosario, ¿quiere dejar recado?

(Sí, Felipa: diles que vayan y chinguen a su madre.)

—Sí, Felipa: dile a mi mamá que me llame en cuanto llegue.

Lo dices por joder, pues de sobra sabes que Ana María sigue molesta contigo. Por teléfono papá te cuenta que poco a poco el Bodoque va recuperando la movilidad de su bracito, pero a mamá nadie la saca de la idea de que lo lastimaste a propósito. Estás celosa, te gritó el día del accidente, y agregó que le tenías envidia a tu hermanito porque él sí era güero y de ojos verdes.

(En el fondo sabes que tiene razón.)

«Cuando te adaptes no vas a querer ni visitarnos», dijo papá el día que te instalaste aquí. Cuatro meses después, recuerdas sus palabras como una profecía. Fallida, por supuesto. Porque casi todo lo que al principio te parecía novedoso ahora es un fastidio. Qué decir de la convivencia forzada con otras noventa y dos chicas que viven en el edificio de tres pisos donde hay un baño por cada dos habitaciones, donde la cocina y el comedor son compartidos; donde las únicas diversiones son una tele, una mesa de ping-pong y el taller de costura de la señorita Campbell, en el que, muy a tu pesar, acabas de inscribirte por recomendación de Harriet. (Admítelo: te mueres de ganas de volver a Culiacán. Quién te iba a decir que extrañarías el chilorio, los coricos, el callo de hacha y hasta la salsa de chiltepín que prepara

73

Felipa, la chacha.) Sí, llegar aquí es lo peor que te ha pasado. Ni siquiera cuando nació el Bodoque te sentiste así, porque entonces pasaste de ser la hija única a ser la mayor de dos hijos, en cambio vivir acá es como tener cien hermanas de tu edad. Cien hermanas locas y mimadas. Además, tienes que hacer el ensayo para la clase de Miss Henderson, y no has leído ni diez páginas de *Matar un ruiseñor*.

Ya te lo había advertido la pelirroja: más que una materia, Literatura Americana II es un laberinto. Si alguien lo sabe es Harriet, pues está repitiendo el curso. La dinámica es engañosa:

—A ver, niñas —explicó la maestra el primer día, con una gran caja entre las manos—, sé que no todos los libros son para todos los lectores, así que asuman esto como una cita a ciegas. Sin ver, cada una tomará una novela de esta caja. Tienen dos semanas para leer las primeras cien páginas. Si no las convence, la devuelven a la caja y toman otra.

Sonaba fácil: veinte novelas, veinte alumnas, cada una con un libro distinto y libertad para botarlo si no le gustaba. Las cosas se complicaron cuando Miss Henderson explicó las otras reglas:

—Dijimos que esto es una cita a ciegas, así que no se vale descartar sin conocer. Cuando decidan regresar un libro a la caja quiero que me digan por escrito por qué no les gustó. Tomen en cuenta que cada vez que suelten una novela se tendrán que llevar otra sin ver, y como sucede con los chicos, el nuevo podría ser peor que el anterior. También pueden intercambiar su libro con una compañera si las dos están de acuerdo. Y algo más: al terminar el semestre cada alumna entregará un ensayo sobre la novela que decidió quedarse.

Como cada quince días, hoy la maestra pasa con la caja entre las filas para que las chicas que así lo deseen dejen un libro y tomen otro. La caja de Miss Henderson

74

incluye lo mismo obras muy conocidas —*In Cold Blood, Fahrenheit 451, The Scarlet Letter*— que novelas de autores desconocidos, lo cual no era un problema para ti porque todos los títulos te dan lo mismo: luego de casi cinco meses viviendo aquí, aún se te dificulta leer y sobre todo escribir en inglés.

—No voy a leer esto —dice la pelirroja.

—Jamás juzgue un libro por su portada, Byrd —contesta Miss Henderson.

La chica deja caer el ejemplar al suelo y un murmullo se extiende por el salón.

—¡Miss Byrd! —urge la maestra—: Gánese el derecho de seguir en mi clase. ¿O quiere repetir el curso por tercera vez?

Harriet Byrd sigue inmóvil, muda, mirando al piso.

—Vamos —la profesora levanta el libro—, sólo le pido que lea antes de juzgar.

La pecosa toma el libro. Mientras lo hojea explica que el año pasado intentó leerlo pero no le gustó. Busca una página y comienza a leer:

Él la miró también. Ella sonrió y cruzó sus manos sobre las rodillas. Sus piernas aparecían largas y limpias, sobresaliendo del pantalón de hombre que llevaba y, mientras ella permanecía así, con las manos cruzadas sobre las rodillas, Jordan vio la forma de sus pequeños senos torneados bajo su camisa gris.

—¿Pequeños senos torneados? ¿De verdad esto es literatura, Miss? Hay un regodeo innecesario…

—Vamos, Byrd. Está presentando al personaje.

—Exacto: en este capítulo hay cuatro hombres y una chica, pero el autor sólo describe a la muchacha. Y se concentra en las piernas, los senos… —da vuelta a la página—. Escuche:

—Eres muy bonita —dijo a María—. Me hubiera gustado ver cómo eras antes de que te cortasen el pelo.

—El pelo crecerá —dijo ella—. Dentro de seis meses ya lo tendré largo.

—Tenía usted que haberla visto cuando la trajimos. Era tan fea, que revolvía las tripas.

—¿De quién eres mujer? —preguntó Jordan, queriendo dar a su voz un tono normal—. ¿De Pablo?

La muchacha lo miró a los ojos y se echó a reír. Luego le dio un golpe en la rodilla.

—¿De Pablo? ¿Has visto a Pablo?

—Bueno, entonces quizá seas mujer de Rafael. He visto a Rafael.

—No soy de Rafael.

—No es de nadie —aclaró el gitano—. Es una mujer muy extraña. No es de nadie. Pero guisa bien.

—Un momento, Byrd: si hubiera seguido leyendo…

—La única línea que vale la pena es ésta: *Dedico este libro a Martha Gellhorn* —la pelirroja arranca la página, tira el resto—. ¿Sabe quién es ella?

—La esposa del autor.

—¿Lo ve? Usted reproduce la forma en que piensan los hombres. Gellhorn es mucho más que la exesposa de un borracho.

—Ese borracho, como usted lo llama, ganó el Nobel.

—Cosa que no significa nada en esta discusión. O quizá sí: ¿sabe usted cuántas escritoras han ganado ese premio en los últimos veinte años?

De pie, la boca abierta, Miss Henderson no acierta a responder.

—¡Ninguna! —retoma la pecosa—. Pero hablemos del libro, no de los chismes que lo rodean. Aquí lo que importa no es el Nobel, sino que Gellhorn es la mejor corresponsal de guerra que ha dado América. Estuvo en la Guerra Civil de España, en Vietnam. ¿Y cuántos libros de ella hay en la dichosa caja?

Luego de aquella clase, la reputación de Hattie cambió. Estaba loca, sí, pero no temía pelear con los maestros en su propio terreno. Más aún, los provocaba. Era evidente que, desde la cuna, había sido educada para ser una Byrd: maestros particulares, viajes, idiomas y otros privilegios que ella sabía usar en su favor. En los pasillos se hablaba de la vez que Miss Lily, la de Biología, encargó de tarea que llevaran un tejido para analizarlo bajo el microscopio. La mayoría llevó hojas, semillas, pétalos, las más osadas llevaron cucarachas, cigarras, un cabello. Llegado su turno, la pelirroja puso sobre la mesa tres objetos: una hoja de papel, una caja Petri con una pasta marrón y una plancha doméstica. La profesora vio el material, dudó por un instante y torció la boca, pero no dijo nada.

Luego de conectar el aparato en el tomacorriente, Harriet procedió a planchar el papel.

—Hay un culto de las secreciones masculinas: durante la Segunda Guerra Mundial se consideraba que cada hombre llevaba dentro de sí un arma secreta —dijo, sin dejar de planchar.

En unos instantes aparecieron en el papel una serie de manchas ocres que, con cada pasada, se volvían más notorias. Eran letras, números, signos.

—Dado que es una sustancia barata y siempre disponible para los agentes, hubo serios intentos de usar el semen como tinta invisible. Si la idea no prosperó fue porque el semen seco huele a yogur agrio —arrugó la hoja y, en un gesto teatral, la tiró al suelo.

Luego fue a la mesa, abrió la caja Petri y colocó una gota de la pasta marrón en el portaobjetos del microscopio.

—Ya pueden observar.

Dos o tres chicas, tímidas, se acercaron a mirar.

77

—Todas aquí sangramos una vez al mes. Eso significa que antes de llegar a la menopausia habremos tenido la regla unas quinientas veces y, sin embargo, nos educan para creer que ese flujo debe considerarse sucio, un pecado que es mejor no mencionar. Por fortuna, no siempre la sangre menstrual ha sido motivo de vergüenza: entre los cherokees, el pueblo que hasta hace poco habitaba estas tierras, era considerada el contenedor de la vida y, por lo tanto, sagrada. ¿Por qué el Estado no impulsa proyectos para usar la sangre menstrual? De entrada, se me ocurre que podríamos hacer arte e incluso decorar los templos con ella…

Con cada uno de esos episodios crece su reputación de loca.

—Está chiflada.

—Tiene frito el cerebro por las drogas.

Para ti, que eres la alumna más rezagada en la clase de Literatura, los conocimientos de la pelirroja significan sobre todo una cosa: ayuda. Así que cuando escuchas que Harriet está en el baño, te asomas para sacarle plática.

—¿En serio? ¿Te tocó *Matar un ruiseñor*? —Harriet muestra su boca llena de alambres.

—Ajá. ¿Tú ya lo leíste?

Viéndote reflejada en el espejo, la pelirroja dice que sí con la cabeza mientras se cepilla los dientes. Luego escupe y te propone:

—¿Quieres que intercambiemos?

—Mmmmmm…

(Díselo, bruta. No seas miedosa.)

Dudas, te muerdes el labio inferior. Con frases atropelladas, propones:

—Si me escribes el ensayo, te consigo la planta que querías.

—¿En serio? —se emociona Hattie—. ¿Yerba del diablo?

—Ajá.

En el espejo se refleja una sonrisa llena de ligas y alambres.

Camel City: Rosario

3 de enero de 1971
(166 días antes del secuestro)

Tu prima Paula te lo ha dicho mil veces: eres una sangrona, sobre todo cuando te está bajando. Recordar su chiste no te hace gracia porque hoy tienes cólico y estás harta de todo. Ni siquiera coser, que a últimas fechas se ha convertido en tu pasatiempo favorito, te llama hoy la atención. Afuera, la niebla invade los jardines y las áreas comunes del internado. Volver a Camel City te ha puesto de mal humor. Además, te va a bajar en cualquier momento y ya no tienes toallas. Dada la urgencia, resuelves tomar prestado un tampón de los cajones de Harriet, pero por más que hurgas no encuentras nada. Porque sabes que la pelirroja prefiere los tampones. De hecho, la mayoría de las gringas los prefieren, pues en el súper hay siete marcas contra sólo dos de toallas. Por cosas como ésa te fastidia volver aquí, porque no acabas de entender esto que llaman *American way of life*, donde todo es distinto: el idioma, las medidas, el humor, la comida, el material y la forma de las casas.

—Por favor, papá, como castigo es suficiente —dices cada vez que telefoneas a Culiacán.

Hablas siempre con papá o con la sirvienta, porque mamá sigue sin tomarte las llamadas. Habías pensado que las fiestas de diciembre serían el tiempo perfecto para reconciliarte con ella, pero Ana María se volcó todo el tiempo en tu hermanito: el Bodoque salió de Niño Jesús en una pastorela. Mi güero hermoso ya habla. Felipa, no me le pongas tanto tejocote al ponche porque al niño no le gusta.

Con todo, te gustó ir a Culiacán a pasar las vacaciones. Diez días de ver a tus amigas de la secundaria; de platicar con Paula, tu prima; de dormir en tu cama. Incluso venías contenta porque te fue muy fácil conseguir yerba del diablo en el mercado Rafael Buelna. La yerba resultó ser una planta de flores blancas con vetas moradas, de hojas y raíces grandes que allá llaman toloache. El señor que te la vendió dijo que debías hervirla, nomás no se le vaya a pasar la mano, señorita. Siete pesitos por un manojo grande. Era el mejor negocio de tu vida, Rosario. Todo para que ayer, en el aeropuerto de Charlotte, el oficial de aduana que revisó tus maletas tomara las flores y las tirara a un basurero con apenas una frase como explicación: *you can't carry plants, miss*. Sólo de acordarte arrecia el dolor que va de la espalda al vientre, del vientre a los muslos. Sí, hoy estás harta de todo: de México, de tu familia, del Bodoque, de vivir acá aventada en la punta de la chingada.

Cuando te adaptes no vas a querer ni visitarnos, dijo papá la tarde en que llenaron la papelería y te asignaron habitación. Fundado sólo cuatro años después de la declaración de Independencia, el Instituto Salem se jacta de ser el colegio para señoritas más antiguo de la Unión Americana. Y aunque sus folletos alardean de que en sus aulas conviven muchachas de España, China, Turquía y Egipto, las únicas extranjeras de este año son Thana, de Tailandia; una sudafricana de apellido impronunciable y tú. El resto son hijas de empresarios o políticos de Virginia, Maryland, Tennessee o del mismo North Carolina. Y pensar que allá en Sinaloa mamá presume ser descendiente directa de Albert Owen, el gringo que fundó Los Mochis. (¿Cuánto vale acá eso?) Como las otras dos compañeras extranjeras, cargas una etiqueta desde el primer día. Porque aunque tu segundo apellido sea Owen, eres *la mexicana*. (¿En qué piensan al verte prieta, chaparrita, de ojos amarillos? ¿En mariachis, calacas, tequila, sombrerudos dormitando a la sombra de un saguaro?) Ojalá fuese sólo eso. El trato distinto se manifiesta de maneras más concretas: una tarde, entrando al club de tenis, un policía exigió que le mostraras una identificación. Aunque dijo que era cosa de rutina, sabes que a tus compañeras, güeritas de ojo azul, nunca les pedirían papeles. Te molesta pensar que pueden confundirte con uno más entre los cientos, quizá miles de ilegales que inundan la ciudad en busca de trabajo: mucamas, cocineras, jardineros y si hablan bien inglés, niñeras.

Thana no está en su cuarto. De regreso en tu habitación, escuchas ruidos en el cuarto de la pelirroja. No tarda en asomarse.

—¡México! ¿Trajiste la yerba?

(¿Eh? ¿Qué tal un buenos días?)

El rostro pecoso de Harriet se ilumina cuando le cuentas que sí, la conseguiste, pero su frente se arruga cuando le cuentas lo que ocurrió en el aeropuerto. No te preocupes, le dices, te pagaré la cantidad que me pidas por el ensayo.

—¿Pretendes verme la cara? No quiero dinero…

—Por ley no se puede traer plantas.

—Y dale con la ley. ¡Siempre hay manera! —responde la pelirroja.

(No dejes que esta gringa alzada te trate así.)

—Un trato es un trato, México. Yo cumplí mi parte, ahora me consigues esa yerba o te jodes —dice y cierra de golpe la puerta del baño.

Por los caminos del sur: Fabián

—¿Pero a ti qué más te da? —insistía Fernanda.

—Entiende, flaca: no es un día de campo. Subir a la sierra es peligroso.

—Todo el estado de Guerrero es peligroso, ya es hora de que te hagas a la idea. Además, mi alumna sube cada quince días a visitar a su mamá. Si tú no me acompañas, me voy con ella.

La alumna era Viury, la darketa de la lavandería. Tenía a mi esposa como asesora. Por recomendación de Fernanda, la chica había elegido enfocar su tesis en *La figura del vampiro en la obra de Julio Cortázar*.

—¿Qué tienen que ver los vampiros con Cortázar?

—¡Uf! Por si no lo sabías, Cortázar estaba tan seguro de que los vampiros existían que dedicó cientos de horas a estudiar el tema. En al menos cinco de sus libros aparecen chupasangres.

—Curanderas, vampiros… ¿qué sigue, Fer? ¿Extraterrestres?

—No te exhibas, Fabián: el mito del vampiro es una constante en muchísimas culturas —reviró Fernanda—. Durante el Siglo de las Luces, figuras como Rousseau y Voltaire se interesaron por comprender su origen. Pero no me cambies la pichada, ¿vienes o no?

—Ya te dije que no.

—Me voy sola entonces —se echó la mochila a la espalda—. Vuelvo el domingo.

—Haz lo que quieras.

Nunca supe cómo surgió el plan. La versión de Fernanda era que un día Viury la había visto llorando en el baño de la facultad. Lloraba porque le acababa de bajar. Por otro mes perdido. Porque pinche vida. La chica se acercó y le preguntó si le pasaba algo, doctora, ¿puedo ayudarla? Tampoco sé con qué palabras alguien puede explicar lo que Fernanda le explicó a Viury.

—Debería ir al temazcal con mi amá —dijo la muchacha—. De verdad, ella ha ayudado a encargar a muchas parejas.

Fue así como Fernanda empezó a subir con Mamá Flor cada quince días a recibir masajes y baños de temazcal. La defensora del pensamiento científico, la experta en Gide y en Géricault, ponía sus esperanzas en manos de una anciana que vivía en un caserío llamado Arroyo Oscuro, en plena sierra de Atoyac. Al buscar en Google Maps vi que el pueblo tenía oficialmente sólo dos habitantes. ¡Dos! Tras su primera visita, Fernanda me contó por qué: en agosto de 1972, durante la llamada *guerra sucia*, las tropas de Lucio Cabañas emboscaron allí a un convoy del ejército y mataron a dieciocho militares. El sitio se convirtió en el pararrayos de la cólera gubernamental: en los meses y años siguientes, decenas de campesinos fueron torturados, enterrados vivos o lanzados al mar desde un avión por elementos de un grupo paramilitar que operaba en las sombras. Se hacían llamar *Grupo Sangre*. Los campesinos acabaron huyendo del pueblo. Todos menos Mamá Flor, que nunca quiso moverse de allí por si algún día Amparito, su hija desaparecida, regresaba a buscarla.

Yo nunca estuve de acuerdo en que Fernanda subiera a Arroyo Oscuro. Nunca. Tampoco es que a ella le importara mi opinión. Las primeras veces que subió le sorprendió que, salvo una cerca improvisada con tablones y alambre, la casa de Mamá Flor no tenía protección de ningún tipo. Fue Viury quien le hizo ver que, excepto por las gallinas, las pacas de ropa usada, un par de ollas de peltre y el morral lleno de libros que guardaba como recuerdo de su hija desaparecida, tampoco había nada que robar. Si puedo describirlo es porque conocí Arroyo Oscuro meses más tarde, cuando tuve que sincerarme con Fernanda y hablar con ella de lo que estaba pasando entre Viury y yo. Para entonces Mamá Flor acababa de morir y sus baños y masajes habían perdido razón de ser. El temazcal era una especie de horno circular, de no más de metro y medio de altura, en donde cabían a lo mucho dos personas. Había que entrar a gatas por una puerta pequeña. Inevitable pensar en Fernanda sudando y lavándose en ese minúsculo espacio, y a Mamá Flor hojeándola con ramas de zapote blanco y cebolleja. Eso sí, la anciana nunca cobró por ayudarle a mi esposa. Y es que aparte de sus botellas de Pepsi y de las pacas gringas de ropa usada que compraba en Atoyac para revenderla en la sierra, Mamá Flor no necesitaba dinero para sostenerse: cosechaba maíz y frijoles en su milpa, echaba ella misma sus propias tortillas e incluso tejía sus propios huipiles o, como allá les llaman, *chuey*.

En los caminos del sur: Fernanda

10 de febrero de 2017,
Arroyo Oscuro, Guerrero

—Eso no es sangre, licenciada, es chile rojo —dijo Mamá Flor la tarde en que conoció a Fernanda—. Una Nochebuena le enseñé a mi hija Amparito a hacer tamales y ese libro se manchó. Fue la mejor Navidad de mi vida. Platicamos toda la noche, brindamos y hasta bailamos.

—Cuénteme más de ella, señora —pidió Fernanda, hojeando el ejemplar del *Libro Rojo* de Mao cuyas páginas estaban manchadas, ahora lo sabía, de chile rojo—. ¿Le gustaba leer?

—Sí, mucho. Eso sí, siempre traía sus libros bien escondidos para que no se los fueran a quitar los soldados.

Flaca, un poco jorobada y de rala cabellera gris, Mamá Flor miraba a Fernanda con su ojo derecho, el único que le quedaba sano. La córnea izquierda, siempre inmóvil, parecía una canica recubierta por una costra blanquecina rodeada de carnosidades. Aquel primer sábado, mientras preparaba el temazcal, la anciana desdobló sobre la mesa un viejo recorte de periódico que parecía a punto de deshacerse.

—Dicen que por escribir esto se llevaron a mi hijita —quizá su ojo advirtió las dudas de Fernanda, porque agregó—: Ayúdeme a encontrarla, licenciada, por lo que más quiera.

Alrededor, la sierra era un contrapunto de pericos, grillos, ranas.

—Mire, aquí la gente dice que estoy loca, que invento cosas, pero usted sabe mejor que nadien lo mucho que uno quiere a los hijos desde antes de conocerlos. Yo ya encontré a mi Amparito una vez y sé que puedo volver a hallarla. Viury me dice que usted y su esposo son gente preparada, así que me afiguro que les debe ser más fácil que alguien del gobierno los escuche.

Juraba Mamá Flor que antes de que la levantaran los soldados, su hija Amparito subía a Arroyo Oscuro por lo menos una vez al año a visitarla.

—No le miento, licenciada: una vez hasta trajo a su esposo, que traía un balazo en el hombro y necesitaba esconderse de los guachos —contó—. Lo curé aquí con purititos baños de temazcal. Él también era guerrillero: todo barbón, muy serio pero viera usté qué guapo, hasta eso que mi Amparito sabía escoger. El señor vino a dar acá porque se había escapado de la cárcel y no tenía a dónde ir mientras se amejoraba. Traía fiebres y andaba muy débil. Se quedó aquí como dos meses. De primero se la pasaba leyendo, pero apenas pudo levantarse se puso a arreglar la casa porque en la cárcel había aprendido alguito de carpintería. Me arregló el portón y hasta me hizo una mesa nueva para la cocina. Luego Amparo vino de nuevo y juntos jalaron para no sé dónde. Yo les dije que tuvieran cuidado, porque en esos días había hartísimo gobierno por todos lados. Pasaron los meses y no volvieron. Yo sentía feo aquí, el corazón me decía que les había pasado algo. Y como al año y medio que regresa mija sola y que me cuenta que los guachos habían estado a punto de agarrarla.

—Esa vez la que venía herida era ella —dijo, sacando un vestido—. Mire, ésta era su ropa favorita.

Era un viejo vestido de retazos de distintos colores, con remiendos y costuras por aquí y allá. Sobre los parches unidos se adivinaba el fantasma de una enorme mancha marrón. Además de la prenda, la anciana sacó el morral que contenía unos libros gastados, llenos de hongos y acartonados por la humedad. Bastaba hojearlos para advertir que eran libros leídos muchas veces, no sólo porque estaban llenos de notas y subrayados, sino también porque entre sus hojas había flores puestas a secar e incluso servilletas con apuntes. No pocas páginas presentaban eso que algunos llaman *oreja de perro*, es decir, hojas con la esquina superior doblada para localizar algún pasaje.

Sería falso decir que desde un inicio Fernanda reconoció el valor de aquello. Ella, experta en diarios, tuvo que revisar varias veces el contenido del morral antes de darse cuenta de la compleja historia que esos objetos insinuaban, empezando por la nota periodística:

Opera el Grupo Sangre en la sierra de Atoyac

Acapulco, Gro.- *En los alrededores de Acapulco y en la sierra de Atoyac opera un grupo que secuestra y tortura a campesinos con el objetivo de sacarles información sobre el movimiento insurgente. No se trata de delincuentes comunes sino de paramilitares que actúan bajo las órdenes de altos mandos del ejército y del gobernador Rubén Figueroa. Se hacen llamar* Grupo Sangre. *El nombre no es casual: auténticos vampiros, firman sus acciones con un sello inconfundible: interrogan a los detenidos usando métodos de tortura, cuando consideran que alguno ha dicho todo lo que sabe, lo obligan a beber gasolina y le prenden fuego.*

Los campesinos de la región sostienen que el grupo opera en la Costa Grande y se compone por exmilitares que persiguen y torturan a sospechosos de ayudar a la guerrilla de Lucio Cabañas: campesinos aprehendidos cuando bajan de la sierra para abastecerse de víveres, o bien que sirven de correo entre los remontados y quienes se encuentran en la zona urbana. Las detenciones se ejecutan por órdenes expresas del Comandante de la 27.ª Zona Militar con sede en Acapulco, general de división Salvador Rangel Medina.

Corría febrero y a pesar de que llovía, Mamá Flor estudió el horizonte con su único ojo sano:

—La vida tiene sus vueltas, licenciada. ¿Ve aquellas montañas, las que se miran azules? —preguntó, y sin esperar respuesta dijo—: Allí detrasito está Xochistlahuaca, donde nací. Me llevó veintitrés años llegar acá.

Fernanda pensó que la anciana tenía razón: a veces cuesta media vida cruzar una calle, mandar una carta, decir una frase. Muchas veces ella se había sentido así, como caminando en círculos, volviendo una y otra vez al punto de arranque. Su propio cuerpo, sin ir más lejos, estaba atrapado en un ciclo del que no sabía salir.

Luego se daría cuenta de que no supo comprenderla. Más tarde, cuando Mamá Flor había muerto y ella quiso reconstruir su historia, no encontró a nadie que pudiera confirmar que la anciana hubiese tenido una hija, pues hablaba muy poco de su vida privada. Casi nunca decía, por ejemplo, cómo es que se había estropeado su ojo izquierdo. Eso sí, lo poco que contaba era terrible. Tal vez por eso, a su manera, prefería quedarse más allá del mundo. No en un sentido de ultratumba sino en el más terrenal de los ámbitos, pues pasó por la vida sin documentos ni papeles que acreditaran su identidad. Sólo pedía, una y otra vez, que le ayudaran a buscar a su hija, o como ella le llamaba, a su Amparito. Pero ¿por dónde comienza uno a buscar a una mujer que lleva desaparecida casi cuarenta años, de la que no hay documentos, ni siquiera un acta de nacimiento o una fe de bautismo, de la que quedan apenas un vestido de retazos, un morral y unos cuantos libros viejos?

Camel City: el agente Lansky

20 de junio de 1971
(día 2 del secuestro)

Una buena investigación suele sacar muchos secretos a flote, y el caso de la niña Byrd no fue la excepción. Todo parecía confirmar la hipótesis de que el secuestrador pertenecía al reducido mundo del Instituto Salem, de modo que pusimos especial empeño en interrogar a los sospechosos. Así supimos, por ejemplo, que el capellán del colegio no pasaba los viernes por la tarde visitando enfermos terminales en Burlington, como él sostuvo en un inicio, sino tomando clases de salsa en una academia de Charlotte. Descubrimos también que en el momento del secuestro el profesor de Química retozaba en un motel con Miss Henderson, la decana, cuando su esposa lo creía coordinando un campamento.

—Descuiden —el viejo Byrd guiñó un ojo, dio una calada a su habano—: mientras nada indique que tuvieron que ver con el secuestro, sus asuntos seguirán siendo privados.

De un día para otro, los padres de la muchacha ordenaron tapizar la ciudad con carteles que ofrecían una jugosa recompensa a quien diese información sobre su paradero. Su retrato se colocó en todas las paradas de autobuses y en los tableros de los supermercados. Como se vería después, otra pieza clave en el caso fue la ropa que usaba la muchacha en el momento del plagio. Se trataba de un vestido que ella misma había hecho con retazos de otras prendas. Según declararon sus compañeras del taller de costura, la prenda tenía una particularidad: en vez de armarla con trozos de ropa vieja, la niña había rasgado y cosido seis o siete vestidos de diseñador: Diane von Fürstenberg, Oscar de la Renta, Gucci. Nueve mil dólares recortados y convertidos en basura.

Al día siguiente del secuestro, el fagot fue encontrado entre unos arbustos a poco más de 30 yardas del dormitorio de Harriet. Con la esperanza de que alguien hubiese visto algo, el señor Byrd y yo dedicamos muchas horas a interrogar empleados de los comercios vecinos, a obtener descripciones y a registrar el área. El hombre que atendía el mostrador de una cafetería dijo haber visto semanas atrás a un tipo sospechoso rondando el colegio. Un sujeto de color. Recordaba algo importante: al tipo le faltaban dos dedos de la mano derecha. Más que una mano, parecía una garra.

—¡Fue él! —gritó el millonario—. El hijo de perra que entró a mis oficinas…

—Me temo, señor, que él no pudo haber secuestrado a su hija —respondí decepcionado.

—¿Ah, no? ¿Cómo puedes saberlo, Lansky?

—El tipo lleva tres semanas en prisión.

—¿Estás seguro? —rezongó, masticando su habano.

—Yo mismo lo encerré. Está en una celda de castigo, vigilado las veinticuatro horas. Además siete chicas coinciden en que quien se llevó a su hija era blanco, calvo y chaparrito.

Seguíamos cualquier pista hasta agotarla. A ocho cuadras del instituto, sobre la carretera 85 North, el plagiario había abandonado una combi amarilla. Bajo el asiento del conductor encontramos una jeringa con restos de heroína. Recorrimos la zona casa por casa mostrando a los vecinos fotos de exconvictos y delincuentes identificados en el área. La noticia corrió como reguero de pólvora: para el lunes un editorial del *Camel Journal* especulaba sobre la posibilidad de que Harriet hubiese sido víctima del Zodiaco, un asesino múltiple que operaba en California, y al que se atribuía la muerte de treinta y siete personas. Si la chica Byrd había vivido en

San Francisco, no era remoto que un sicópata obsesionado con ella decidiera secuestrarla, aun cuando el golpe implicara cruzar el país de costa a costa. La verdad es que salvo la fugaz visión del chaparrito, los casquillos de bala, la vagoneta y la jeringa, no teníamos nada. Byrd insistía en que se trataba del trabajo de profesionales, pues al cuadro se añadía otro enigma: que ninguna cerradura del edificio estuviese violada confirmaba que el raptor conocía bien las rutinas del instituto, y lo más probable es que contara con uno o varios cómplices dentro del colegio. Dado que la lista de sospechosos incluía a los profesores y al personal de apoyo y de limpieza, pasamos seis tardes interrogando gente. Casi todos tenían coartadas sólidas: cenas con amigos, compromisos familiares, citas médicas. Para el lunes los sospechosos se habían reducido a tres. Byrd decidió volver a interrogarlos uno por uno. Entre quienes tenían la coartada más débil estaba la mexicana que, según sus compañeras, hablaba poco y tenía conductas extrañas. Aunque varios testigos nos habían confirmado que la noche del secuestro Rosario había ido con una compañera tailandesa al cineclub a ver *Splendor in the Grass*, supimos también que había abandonado la sala antes de que terminara la función. Una y otra vez dijo que se había ido a la cama a las 21:30 horas, y que si no había despertado con los balazos era porque dormía con algodones en los oídos y tenía el sueño pesado.

—Pesadas mis bolas —dijo Byrd, abriendo un nuevo habano con un cortapuros—, ésta sabe más de lo que dice.

Tenía razón: lo que no había dicho la mexicana, pero sus compañeras confirmaron una y otra vez, es que peleaba con la secuestrada casi por cualquier cosa: porque Miss Byrd escuchaba música a horas prohibidas, porque dejaba en la regadera sus tampones usados, porque un día sí y otro también una maraña de cabellos rojizos tapaba el desagüe. La última discusión había ocurrido dos días antes del plagio. Al parecer la heredera tocaba cien, quinientas, mil veces los compases de la *Marcha eslava* de Tchaikovsky donde el fagot rescata el tema principal. No saben ustedes, chilló la mexicana, para volverse loca. Por eso usaba algodones en los oídos.

Sometimos a la sospechosa al detector de mentiras. Aunque estaba muy nerviosa y en sus respuestas mezclaba frases en español que sólo yo entendía, los resultados no fueron concluyentes. Pero algo salió del intento. Un detalle que nadie nos había mencionado.

—La pelea del miércoles no fue conmigo, sino con Miss Henderson —dijo entre sollozos—: ella la odia. Siempre está hostigándola con preguntas.

—¿Yo, hostigar a Harriet? ¡No! —sostuvo la decana una vez conectada al polígrafo.

Era una cuarentona con rostro de piedra, pelo recogido y gafas de fondo de botella. En cuanto entró en la sala de interrogatorios se soltó el cabello, se quitó los lentes y colgó su chaqueta en el respaldo de la silla, y así se sacó quince años de encima.

—¿Alguien le contó algo que indicara que mi hija corría peligro? —insistió el viejo Byrd.

—No.

—Seré directo, Miss Henderson: hay alumnas que la acusan de violar la correspondencia de mi hija —inquirió el magnate mirándola a los ojos.

—¡Por supuesto que no! En el instituto, la correspondencia es sagrada.

—¡¿Discutió con mi hija en el baño dos días antes del secuestro?! —ladró el magnate.

—No.

—¿Suele investigar la vida privada de sus alumnas, señorita?

—Como usted sabe, mi deber es ocuparme de ciertos asuntos académicos, de salud e incluso sentimentales, pero me entero sólo de lo que las niñas quieren compartirme. Comprenda usted que ellas viven lejos de sus familias y a veces necesitan desahogarse.

—¿Se ha inyectado heroína, Miss Henderson?

—¡Dios, no! —respondió desconcertada.

—En ese caso, me imagino que no le importará darnos una muestra de sangre —intervino el viejo Byrd, dando otra fumada a su puro—. Se trata, básicamente, de descartarla.

—Discúlpenme, tendrán que confiar en mi palabra.

—No lo haga más difícil. Puedo conseguir una orden judicial.

Una vez que terminó la prueba del detector de mentiras, un brillo distinto nació en los ojos del magnate. Al menos en lo referente a la discusión con su hija, los resultados del polígrafo eran contundentes: Miss Henderson mentía.

Por la razón o la fuerza: el profesor Ayala

2 de agosto de 1973
(2 años, 5 meses y 20 días antes de la fuga)

Poco a poco las conversaciones de los jueves en la biblioteca de la facultad van haciéndose costumbre. Una tarde Rosario llega, se sienta en tu mesa y te cuenta que ha estado leyendo el libro que le regalaste.

—No sé, Neruda sigue sin convencerme —te dice—. Me parece algo meloso.

—Pero si el *Canto general* es parte de la historia del continente —dices—. La primera edición tuvo que hacerse aquí en México, pues Neruda era perseguido en su país.

—¿Hablamos del libro o de los chismes que lo rodean?

—Un libro es también los chismes que lo rodean, Chayo.

—¿Ah, sí? ¿No será que no lo ha leído, profe?

—Claro que lo leí.

—A ver, dígame: ¿cómo se llama el poema que le dedica a los abogados?

—Caray, nadie me dijo que habría examen.

La chica sonríe. Los dos guardan silencio por unos segundos.

—Estoy esperando su respuesta.

Levantas los hombros. No tienes ni idea.

—Insisto, Rosario, háblame de tú.

—Dígame ya, profe: ¿leyó el libro?

En ese momento alguien posa una mano en el hombro de Rosario. Es el pintor del overol. El ambiente se llena de un tufo alcohólico. Rosario se levanta, estampa un beso en la barbada mejilla del muchacho.

—Hola, Clemente. Justo hablábamos del poema de Neruda que me leíste el otro día.

—¿Cuál? ¿El de *encandilada, pálida estudiante…*?

—No —acotas—: el de los abogados.

—Ah, ése —sonríe.

Intentas calcular la edad del pintor: ¿veintiocho, treinta años? Debe ser más joven que tú, pero también mucho mayor que Rosario. Luego se dirige a ti:

—En ese poema sus colegas no salen bien librados. Neruda los llama piojos que engordan con sangre ajena.

—Pues él no está muy flaco que digamos.

—No se haga el chistoso, camarada. El poeta tiene razón: desde el juez hasta los meritorios, todos los de su especie sólo buscan su tajada. Pero qué le digo, si usted lo sabe bien.

—¿De qué hablas?

—Lo he estado investigando y ya sé que trabaja quitándole sus cosas a los pobres.

Rosario te mira, parpadea. Imposible descifrar qué hay en sus ojos.

—Tampoco es que sean blancas palomas, muchacho —te defiendes—. No te imaginas lo que hace la gente con tal de no pagar. Diario me encuentro con casas vacías, números cambiados, no falta quien se da por muerto. Pero quién sabe, a lo mejor un día de estos cambio de giro y me dedico a encerrar golpeadores de mujeres.

Rabioso, el pintor da un paso hacia ti: la mirada fija, desafiante. Escupe en el suelo; percibes de cerca su olor a aguarrás. ¿O está ebrio?

—¡Por favor, ya vámonos, Clemente, es tardísimo! —interviene la chica con voz temblorosa—. Mi papá me va a matar.

En segundos Rosario se lleva al pintor. Impotente ves por la ventana cómo cruzan la calle y suben al convertible anaranjado. Aún desde el coche, el barbón te mira con recelo. Eres un pendejo, Bernardo. Un gran pendejo. Vas al baño, orinas, luego sales al patio a fumar. Sientes un hormigueo en las manos. Debiste haber reventado a ese imbécil, ¿quién se cree? No estaría mal pasarles una feria a tus contactos en la Procu para que le pongan un buen susto. Con unos chingadazos aprendería a respetar.

Sales al patio.

—Por cierto, Bernardo, te traje esto —dice alguien a tu espalda. Es Rosario, que te ofrece un libro de tapas rojas—. Por esta novela decidí estudiar leyes. Una maestra me puso a leerla cuando estaba en el internado. Entonces me pareció aburridísima, pero un día vi la película y me emocionó tanto que corrí a buscar el libro.

Matar un ruiseñor. Prometes leerla y devolvérsela.

—Ten cuidado, Rosario. Ese tipo es violento.

—Clemente y yo somos amigos nada más, Bernardo.

Apenas reparas en que la chica al fin te está tuteando, pues algo más ocurre: alargas la mano para despedirte y en vez de estrecharla, Rosario se acerca y te da un beso muy cerca de la boca, luego un abrazo que dura tres, cuatro segundos. En contacto con su cuello percibes el aroma cítrico de su piel sudorosa. Sin pensarlo besas su cicatriz. Sorprendida, la chica se retira. Esa noche basta el recuerdo de sus senos rozando tu pecho para hacerte dos puñetas seguidas.

Camel City: Rosario

13 de febrero de 1971
(125 días antes del secuestro)

Al mediodía sales del Instituto Salem. Como casi todos los sábados te dedicas a explorar la ciudad con un método que no falla: tomar un autobús al azar en la estación central y bajarte cuando ves algo que te interesa. Así no hay manera de perderse, pues basta tomar otra vez el camión para regresar, tarde o temprano, a la estación central. En una libretita vas apuntando tus hallazgos, por ejemplo, que la ruta 82 te deja en Hanes Mall y la 88 rodea la fábrica de cigarros.

Hoy exploras la ciudad a bordo de la ruta 86. Thana, la tailandesa, te ha dicho que en Kernersville hay un museo que vale la pena y que de paso puedes probar el pay de manzana de la cafetería. El cielo está cubierto por nubes bajas que de pronto comienzan a deshacerse en una lluvia casi imperceptible. (¿Ya ves, pendeja? Y tú sin paraguas.) Caray, hasta el clima te aleja de tus compañeras, como si la naturaleza se empeñara en recordarte que vienes de otro mundo en el que, huyendo del sol, los negocios cierran al mediodía y los perros se esconden bajo los carros. Un mundo llamado Culiacán en donde hay que estar atento a los alacranes cada que se levanta una piedra.

Envidias sobre todo a las compañeras que vienen de ciudades cercanas y se marchan los viernes por la tarde a visitar a sus familias: sin ir más lejos, la pelirroja pasa casi todos los fines de semana en Richmond, donde sus padres tienen otra mansión. Eso te permite descansar, al menos por una noche, de los ejercicios de fagot que repite una y otra vez para fastidiarte. Porque desde el episodio de la yerba del diablo, Harriet aprovecha cualquier

103

oportunidad para hacer tu vida miserable: deja en la regadera sus tampones usados, oye música cuando estás estudiando, esconde los patrones que usas para coser y estás casi segura de que fue ella quien, la semana pasada, sacó tu ropa húmeda de la lavadora y la regó por el césped. (No te quedes así, estúpida, haz algo.)

Aprovechas el camino para comenzar a leer *Huckleberry Finn*. Este semestre no habrá quien te ayude con el ensayo final. Es un libro raro: en el capítulo dos, Huck y otros niños fundan una banda secreta que se dedicará a asaltar y a secuestrar personas, a pedir rescate por ellas. Redactan un juramento y lo firman con sangre: a quien se atreva a revelar los secretos de la banda, el castigo será cortarle el cuello, quemar su cuerpo y esparcir sus cenizas por los alrededores. No conformes, juran matar incluso a los padres del que rompa ese pacto de silencio.

De pronto, al levantar la vista, adviertes algo que no pertenece al paisaje. ¿Son piñatas? (Sí, carajo.) Cinco piñatas colgando afuera de un edificio: estrellas, burros, luchadores enmascarados. A un lado hay letreros que anuncian en español: *Caldos de gallina. Tacos. Aguas frescas.* Y más allá una hilera de guitarras que cuelgan como reses en una carnicería. Sin pensarlo te levantas y pulsas el botón para bajar del autobús en la próxima parada. Apenas entras al mercado, te sientes como si estuvieras en México: música, sarapes, juguetes de madera, trastos de barro. (¿Cómo traerán todo esto? ¿O lo hacen aquí?) Al final de un pasillo, sentada en una mecedora afuera de un local lleno de velas y jabones, una mujer mayor vestida de blanco te mira.

—Copal, incienso, almizcle. Perfumes, polvos —te ofrece en español.

Cuando pasas a su lado, retoma:

—Esencias, aceites, amuletos. Talismanes, cuarzos, sahumerios para contrarrestar las malas energías. Velaciones para deshacerse de sus enemigos.

Más en broma que en serio, preguntas cómo se hace eso:

—Necesita tres veladoras de aquellas, señorita —la mujer señala unas rústicas velas de sebo color verde—. Se colocan en triángulo dentro de un jarro y en el centro se pone un huevo de gallina negra sobre la foto de su rival. Para garantizar mejores resultados le aconsejo rezar tres oraciones: la del Cordero Manso, la de la Santa Muerte y la de Yo puedo más que tú.

Te divierte imaginar cómo se pondría la pelirroja si una mañana encontrara en el baño un jarro con tres velas y un huevo sobre su foto. No es tan mala idea. Pagarías por ver su cara.

—¿Se las pongo en una bolsita, niña?

—No, gracias… Voy a comer y ahorita paso de regreso —dices cohibida, porque desde el local de enfrente las observa una señora gordita y morena, con largas trenzas color azabache.

El negocio es una fonda cuyas mesas están llenas de hombres en ropa de trabajo: overoles, pantalones de mezclilla, camisas de cuadros. Un letrero la identifica como la Fonda Amapola. Decides comer allí. Te acomodas en el único sitio disponible: en la barra, junto a la cocina. Letreros en español ofrecen enchiladas, aguas frescas, machaca y chilorio, tortillas hechas al momento. Pides unos tacos de chilorio.

—No es cosa que me importe, señorita, pero la escuché platicando con la bruja esa —dice la mujer de las trenzas mientras palotea la masa—. Déjeme darle un consejo: no se meta en esas cosas. Para hacer y deshacer, nomás mi padre Dios. Póngase en sus manos, o en todo caso en las de san Juditas. Todo lo demás es del demonio.

La mujer no se está quieta un segundo: echa tortillas sobre la plancha, se voltea y remueve el contenido de tres, cuatro cazuelas, pica lechuga, corta rábanos. En la esquina, junto a un viejo refrigerador, un enorme san

Judas de yeso destaca en medio de un altar con flores, velas, un rosario colgado al hombro y billetes de uno y dos dólares prendidos del manto con alfileres. Junto al santo hay un retrato en blanco y negro de un hombre con sombrero.

—Es mi esposo —dice cuando deja frente a ti el primer taco.

Esto es México, piensas. Mientras acá los gringos se limitan a lo que se ve y se toca, allá viven una eterna lucha entre dios y el demonio. Eso sí, el chilorio está de lujo. Casi podrías decir que mejor que el de tu tierra. Con razón la fonda está que revienta de clientes. Huele a epazote, a frijoles de la olla. Cerca, en los pasillos, una trompeta sopla los acordes de «El niño perdido». Esto es como estar en Culiacán, en el mero mercado Rafael Buelna.

Tras la mujer descubres un estante lleno de frascos etiquetados: albahaca, jamaica, romero, yerba en cruz, toronjil morado, pirul, hierbabuena, cardamomo, habas de san Ignacio… y entonces, veloz, llega la idea: ¿tendrá yerba del diablo?

Estás a punto de preguntárselo cuando, de pronto, la viejecilla de blanco está de nuevo frente a ti con las tres velas verdes.

—Lléveselas gratis, al fin que mis clientes siempre regresan.

Toma tu mano y a punto de depositar las candelas, estudia por un instante las líneas de tu palma:

—Y no se apure tanto por sus problemas, señorita. Aquí veo que muy pronto se va a resolver un malentendido. En menos de lo que piensa usted va a estar abrazando a su mamá.

Camel City: Amapola

9 de enero de 1972,
11:56 a.m.
(12 horas y 6 minutos antes del rescate)

—¡Habla, *you fuckin' greaser*! ¿Dónde la tienen? —Lansky clava sus ojos claros en los iris cafés de la mujer: ambas miradas están enrojecidas, cansadas.

Se abre la puerta y entra el señor Byrd.

—¿Dijo algo?

Lansky niega con la cabeza. Se pone de pie y se acomoda la corbata.

—Apúrate —dice Byrd mientras se saca el abrigo, el gorro, la bufanda—. Hable o no, el gobernador la presentará mañana a los medios. Confío en que alguien, en algún lado, la reconozca y nos dé más información.

La puerta vuelve a cerrarse. Lansky va hasta la mesita del rincón y sirve café en dos vasos desechables. Le entrega uno a Amapola.

—Ten. Tómate esto.

A pesar de las esposas, y de que sus manos tiemblan, la mujer de las trenzas toma el vaso y bebe. Mientras tanto el policía vuelve a sentarse, afloja otra vez el nudo de su corbata y hojea el contenido de una carpeta.

—Dejemos por un momento lo del vestido —exhala—. Te queda mucho por explicar. Háblame de tu cómplice.

—¿Cómplice?

—Rosario Navarro. ¿Dónde se conocieron?

La mujer niega con la cabeza.

—Yo a esa muchacha tampoco la conozco.

—Oh, claro que sí —Lansky hace una pausa para beber café—. Una chica tailandesa, alumna del instituto, acompañó hace unos días a Rosario a comer en tu puesto del mercado. Dice que no entendió nada de lo que decían porque hablaron en español. ¿De qué?

—No me acuerdo.

—¿No te acuerdas, eh? Yo te voy a refrescar la memoria —escupe al suelo—: tú le consigues algo llamado *yerba del diablo*. Como ves, sabemos muchas cosas sobre ti. Así que dinos dónde tienen a la chica Byrd.

Amapola permanece en silencio, mirando el piso. De cuando en cuando, una ráfaga de aire frío se cuela por debajo de la puerta. Lansky se coloca tras la mujer y, sujetándola por las trenzas, la obliga a levantar la cabeza. Frente a ellos, fijo en la pared, hay un cartel con la foto de la pelirroja y la leyenda *¿La has visto?*

—¿Dónde está?

—No sé. Nunca la he mirado —la mujer trata de cruzar los brazos, las esposas se lo impiden.

—¿Ah, no? ¿Y cómo es que tenías su vestido?

—Mire, señor, es una historia larga. Si usted me da tiempo…

—¡Y dale con lo mismo! Por si no entendiste al señor Byrd, tiempo es lo que no tenemos. Si no hablas ahora mismo, todo el mundo se enterará de que entre tus cosas hallamos el vestido manchado con sangre de la chica. De allí a la silla eléctrica sólo hay un paso. Así que déjame darte un consejo: entréganos a la niña y salva tu vida.

—Es que si usted me dejara contarle…

—Byrd es un hombre muy poderoso. Si cooperas podría conseguirte una visa, un buen empleo. Aunque también podría ocurrir lo contrario. Está en tus manos.

—Es que si usted me deja…

—Piensa bien lo que vas a decir, Amapola. Recuerda que tu estancia en este país es ilegal.

La mujer parpadea, tose, da un sorbo al café. Parece repetir la misma frase una y otra vez en voz baja. Está rezando.

—No vine acá por gusto, sino porque mi obligación era estar con mi esposo… y porque no tenía a dónde ir… ni modo de volver a mi pueblo después de tantos años de haberme salido. Ni una carta les mandé nunca. Seguro allá nadien se acuerda de mí.

—No le des vueltas…

—Las cosas no son lo que parecen, señor.

—Déjate de rodeos.

—Nomás le pido que me tenga paciencia.

—Ok, *greaser*. Pero más te vale que sea algo que nos sirva.

—Mire, yo vine acá buscando a mi Ramiro, pero también porque me habían dicho que aquí sobra el jale para quien quiere progresar. Me daba miedo porque no sé hablar inglés y ya no estoy para aprender. Cuando uno es joven la cosa es distinta. Imagínese, cuando llegué a La Garrapata tenía once años, y como no entendía nada, me impuse a aprender el español, pues sólo hablaba el dialecto de mi pueblo. Aunque no había ido a la escuela, aprendí a hablar en español en menos de un año yo solita, oyendo a mi marido. Mire, no me engaño: cuando decidí venir sabía que era rete probable que mi Ramiro se hubiera buscado otra mujer después de tanto, porque a los hombres el cuerpo les pide mujer, si lo sabré yo que tanto aguanté al patrón. Porque durante el tiempo que viví en casa de los patrones allá en México no hubo semana en que el señor no me ocupara por lo menos una noche. Bueno, cuando andaba de viaje no, pero en veces salía pior porque nomás volvía y no perdonaba su noche ni aunque anduviera yo en mis días malos, como luego él decía. Ay, Amapola, te juro que te extrañé más que a mi vieja, resollaba en el cuarto a oscuras, con los pantalones en las rodillas, haciéndole la lucha por meterse entre mis piernas. Por más que me rogaba que en esos momentos yo lo llamara por su nombre yo nunca dejé de decirle patrón, dizque para que luego no se me fuera a salir lo confianzuda delante de la señora. La verdad era mi forma de no darle gusto en todo y también, claro, de guardarle su lugar a mi Ramiro, aunque él estuviera acá en el gabacho. Era la época en que soltaban hartos permisos para que los hombres vinieran a trabajar en las pizcas, en los aserraderos, cosechando naranjas, limpiando frijol y betabel. Según decían, los gringos iban por los hombres a Mexicali, se los llevaban en tren y hasta los vacunaban. Pero se llevaban sólo hombres, y nomás a los que estaban sanos y traiban buena suerte. A los que no los escogían, tenían que irse de ilegales. Por cierto que allá, cada cuando, el patrón me entregaba sobres con dinero.

—Aquí te manda tu esposo —decía el señor, y yo le preguntaba si lo había visto al Ramiro, si estaba bien, porque lo único que me mandaba era dinero. El patrón contestaba que sí, que mi viejo ya tenía trabajo en una marranera y estaba ahorrando para mandar por mí porque se quería quedar acá. Yo le mandaba decir al Ramiro que todas esas cosas me las pusiera en una carta, pero entonces el patrón me respondía:

—Ay, Amapola, ¿cómo quieres que te escriba si ni sabes leer?

Desde antes, cuando mi Ramiro y yo vivíamos en La Garrapata, el patrón andaba duro y dale tras de mí; decía que no le importaba que fuera yo casada porque él también tenía su esposa. Soy casado pero no capado, decía. Entonces yo tenía quince años y estaba de a tiro pendeja, pues. El señor aprovechaba las mañanas que me quedaba sola para pasar por la casa y pedir un huevito guisado y de repente ya lo tenía encima. Yo sí te pongo casa, Amapola, me decía el patrón, y le juro que a mí me daba asco nomás pensar en dejar a mi Ramiro por ese viejo marrano. Después no le digo que no: cuando se vino el problema y mi esposo se tuvo que venir llegué a acostumbrarme a que el señor me ocupara… a la que nomás no aguantaba era a la señora. Porque cuando mi Ramiro tuvo que salir huyendo, el señor se portó rete bien y me dijo que no me preocupara, que mi marido era el mejor trabajador que había tenido y no se iba a olvidar de nosotros; es más, para que viera que nos tenía ley, de allí en delante yo iba a trabajar en su casa de la ciudad. Porque el problema en el que se metió mi esposo no era poquita cosa: tan rápido pasó todo que lo único que se me ocurrió fue darle mi medallita de san Judas mientras él me decía que se iba nomás en lo que todo se asosegaba y podía volver. Así que me fui pa la ciudad. No va usted a creer pero yo nunca había visto un foco, menos una televisión. Era yo rependeja, pues, deje usté que no conociera lo de fuera, tampoco me conocía mi propio cuerpo porque un día me vomité encima de la cama de los señores. Fue la patrona quien se malició lo que andaba pasando. Se puso rete loca, nomás gritaba cámbienme estas sábanas, qué asco, esta pendeja ya nos echó a perder las almohadas y cuando las cosas se calmaron fue a hablar conmigo y me preguntó si traía yo novio, le juré por san Juditas que no, cuantimás que ella sabía que yo era casada y además a qué hora iba yo a noviar si no salía ni los domingos. Ni por aquí me pasaba que estaba yo preñada, mucho menos lo que iba a pasar después.

111

En los caminos del sur: Fabián

12 de noviembre de 2016,
Chilpancingo, Guerrero

—Porque la sangre es vida, papi —respondió Viury acariciándome el cuello—: así que no te me descuides.

Estábamos acurrucados en la hamaca. Acariciando el murciélago entintado en su clavícula, le había preguntado de dónde venía su obsesión por la sangre. Porque eso era lo suyo, una obsesión. Ella sostenía que no era un rasgo único, sino una fijación compartida por millones de personas.

—Haz la prueba: no hay día en que no escuches, no leas, no pronuncies la palabra *sangre* —dijo—. Nuestra vida gira en torno a ella. La diferencia es que unos lo admitimos y otros no.

Luego me mostró en su celular un *tracklist* con más de cien canciones sobre el tema. «Blood Brothers», Iron Maiden. «Bleeding Me», Metallica. «Raining Blood», Slayer. «Bonded by Blood», Exodus. «Bloodsucker», Deep Purple. «Pumping Blood», Lou Reed.

Sin darme tregua, empezó a contarme que acababa de volver de visitar a su abuela en Arroyo Oscuro. La novedad allá arriba era que, amenazadas por la maña, decenas de familias de San Miguel Totolapan habían dejado sus casas de un momento a otro. *Blood on the Tracks*, Bob Dylan. *If You Want Blood*, AC/DC. Lo peor no había sido ver los negocios y las viviendas cerradas, ni los caballos y los burros que deambulaban por las callejuelas vacías, ni siquiera las milpas abandonadas. «Too Much Blood», The Rolling Stones. «Blood», Pearl Jam. Lo peor había sido ver los juguetes tirados en la calle, abandonados por los niños en la prisa de la huida. «Lo

113

que sangra», Soda Stereo. «Sangre hirviendo», Los Héroes del Silencio. «Beber de tu sangre», Los Amantes de Lola. De no ser por los ladridos de los perros que llevaban más de una semana sin comer, el silencio hubiera sido total. «Mar adentro en la sangre», Santa Sabina. Según los pobladores de la zona, los problemas comenzaron por una riña entre los dos cárteles que se disputan la región. «Un poco de sangre», La Maldita Vecindad. Al menos eso es lo que se escucha por allá, me dijo Viury, y agregó que así había empezado la guerra, primero en forma de advertencias que circularon de boca en boca, luego con mantas y después con muertos que aparecían en los caminos vecinales: gente que llevaba toda su vida allí, personas de bien, campesinos y albañiles acribillados, decapitados, quemados. ¿En serio Thalía tiene una rola que se llama «Sangre»? El último aviso ocurrió la noche en que un grupo de sicarios arrojó dos cuerpos descuartizados en la calle y le prendió fuego a dos viviendas, una con un hombre adentro. «Naturaleza sangre», Fito Páez. Entonces comenzó la estampida. Nadie, o casi nadie, quiso quedarse.

Un día llegó un grupo de soldados a Arroyo Oscuro y convocaron una asamblea en la cancha de básquetbol, dizque para ver cómo ayudar a la gente. Les fueron tomando lista, a algunos los separaron y los mandaron al centro de la cancha, a los demás les dijeron lárguense a sus casas. A los que se quedaron —la mayoría jóvenes, poquitos viejos— les dijeron no se asusten, nomás queremos hablar con ustedes y enseguidita los soltamos. Mentiras. Los tuvieron tres días amarrados, en el sol y sin comer, los fueron metiendo uno por uno en una casa que habían elegido como cuartel. Mientras los torturaban les hacían preguntas como: ¿Por qué mataste a los soldados? ¿Dónde está el cabrón de Lucio Cabañas?

¿Quiénes son sus cómplices? ¿Dónde esconden las armas? Al final vino un helicóptero y se los llevó, unos al cuartel de Atoyac, otros a México. El caso es que ninguno volvió al pueblo. Poco a poco se fue sabiendo que el Grupo Sangre había hecho lo mismo en Cacalutla, en El Quemado, en Mexcaltepec, en toda la sierra. Luego de torturarlos los metieron en costales llenos de piedras y los tiraron al mar desde un helicóptero. O los enterraron vivos. O los obligaron a beber gasolina y les prendieron fuego en un basurero. Nomás en Piloncillos, los guachos dejaron diecinueve niños huérfanos que acabaron arrimados con sus tíos, con sus padrinos, con sus abuelos... Entre esos chamacos había uno chiquito, de brazos todavía, que no tenía familia porque los del Grupo Sangre levantaron al papá y a la mamá; nadie quería hacerse cargo de él porque el gobierno podía mirar eso como una señal de apoyo a la guerrilla. Entonces una mujer se ofreció a cuidarlo, a hacerse cargo. Una noche, poquito después, le llevaron otro huérfano, y también a ése lo recibió. Meses después una niña. Por eso empezaron a apodarle Mamá Flor, porque ella solita los fue criando, les dio techo y comida como si fueran suyos.

—¿De qué años estamos hablando?

—Si los soldados andaban buscando a Lucio debió ser en el 74 o antes. Los niños estaban de brazos todavía. Faltaba mucho para que yo naciera. Imagínate, cuando a mí me dejaron con Mamá Flor, el primer bebé que recibió ya iba a la universidad. O por lo menos eso decía. El muchacho bajaba a Atoyac todas las mañanas y volvía cuando estaba oscureciendo. Mamá Flor no se dormía hasta que oía el portón abrirse y alboroto en la cocina, donde le dejaba un huevito con frijoles. Pero una noche no llegó. Al día siguiente alguien vino con la noticia de que lo habían matado, y allí se supo todo. Hacía más de un año que los de la maña lo habían contratado para bajar la goma hasta Atoyac. Como era estudiante, podía ir y venir sin despertar sospechas en los retenes, al menos así fue hasta que lo mataron. Unos dicen que intentó robarse el dinero de un cargamento, otros que discutió con alguien que no debía. Lo cierto es que los matones lo agarraron en un motel con su querida y de paso también se la chingaron a ella. La sorpresa fue que tenían una hijita de meses que se salvó porque estaba dormida en la tina del baño. Esa bebé era yo. Así que ya grande, Mamá Flor volvió a dar biberones y cambiar pañales. Y aunque la viejita es renegona, puedo decirte que nada me faltó.

Así, sin saberlo, Viury respondió a dos preguntas que llevaba semanas haciéndome. No había que sacar cuentas para saber que ella no era hija de Mamá Flor, pero no imaginaba que tampoco fuera su nieta. La segunda tenía que ver con una de sus muchas manías, pues Viury no podía coger sin atrancar antes puertas y ventanas. Porque, para la tarde en que me contó la historia de Mamá Flor, Viury y yo lo hacíamos dos o tres veces por semana en la trastienda de la lavandería, donde los dueños le habían permitido acondicionar un rinconcito para dormir. Tenía sólo una hamaca, un espejo, una mesita y una maleta vieja donde cabían su ropa y sus zapatos. No tenía un solo disco. ¿Para qué, papi, si ya todo está en Spotify y en YouTube?

Por la miseria que le pagaban, Viury era prácticamente una esclava. Por la mañana iba a clases y a las once estaba de regreso en la lavandería, frente a la Plaza de las Banderas, donde yo la encontraba haciendo sus tareas con música metalera al tope para contrarrestar el trajín de las lavadoras. Comparado con el sexo académico de Fernanda, coger con Viury era la gloria: yo lo hacía por jugar, por conocer otro cuerpo, por disfrutarlo. Además era totalmente desinhibida: échamelos aquí, decía, cómeme la panocha, métemela sin condón, papi, vente en mi boca que me fascina tragármelos. Y sin embargo, poco a poco, sin pensarlo, fuimos construyendo algo parecido a una rutina: en el calor de las dos de la tarde me colaba en la trastienda de la lavandería y bajábamos la cortina. Nos desvestíamos y cogíamos aprisa. Luego en la hamaca fumábamos o tomábamos chilate frío mientras hablábamos de cualquier cosa. De música, por ejemplo. De su música. Tardé en comprender por qué le fascinaban las bandas gringas de nombres fúnebres: Slayer, Testament, Death. Como si no hubiera en Chilpo suficiente sangre y muerte.

—Oye nomás: el burro hablando de orejas, papi —respondió—: ¿Cómo va tu novela, por cierto? ¿Sabe ya el millonario quién raptó a su hija? ¿Por fin el secuestrador soltó la bomba?

—Touché.

—¿Cómo?

—Nada. Que me chingaste.

No voy a decir que me enamoré de ella, que quería ser el único en su vida ni pendejadas así. Como en su momento le explicaría a Fernanda, como muchas veces me dije, Viury era más una obsesión que un afecto. No veía en ella a la otra, sino *lo otro*. En la facultad decían que estaba loca, y no andaban lejos. Inconstante, explosiva, se embarcaba en toda clase de proyectos pero rara vez concluía alguno.

—Eso mismo me dice Mamá Flor —contestaba ella fumando—: Ay, Negra, a todo le tiras y a nada le das.

Por esas fechas andaba embarcada en colaborar con una estación de radio comunitaria. Le sugerí que hiciera un programa de libros.

—Uta —hizo una mueca—, no todo en la vida es libros. Ya estás como tu esposa, que anda promoviendo un círculo de lectura. ¿Qué no se da cuenta de que esos rollos les dan a las chavitas una idea falsa del mundo?

—¿Falsa? ¿Qué preferirías? ¿Que las enseñe a tejer, a cocinar?

—¿Y qué tendría de malo? ¿Tú no comes, no te vistes? Al menos eso deja algo.

—Eso que llamas rollos son ideas que han tardado siglos en fraguar, en afinarse.

—Nada, nada. A las palabras se las lleva el viento. Para viejas chingonas mi Mamá Flor, que jodida y casi ciega como está anda varilleando el suelo para ver si da con los huesos de su hija.

—Qué estricta eres —reviré—: olvidas que los libros permiten transmitir las ideas de movimientos como el de los Black Panthers, donde, por cierto, militaron más mujeres que hombres.

—Ora resulta que los gringos son el ejemplo.

—Todo depende de a qué gringos te refieras…

—No te hagas pendejo, papi. Lo que me molesta, venga de donde venga, son esas ganas de disecar todo como si fuera una víbora o un jabalí, que muertos y llenos de aserrín pierden su esencia. Eso es lo peor que puede pasarle a cualquier movimiento. Que los ricos volteen a verlo y se les antoje. ¿A poco no rellenaron de aserrín a Lucio Cabañas, a José Revueltas, al mismo Che?

—Y según tú qué debe hacerse.

—Cosas prácticas.

—¿Por ejemplo?

—En Chilapa hay un colectivo que lleva meses pidiendo que se organicen talleres para buscar fosas clandestinas y ni quien les haga caso. Ni el gobierno, ni la universidad, ni los organismos internacionales. Las familias siguen rastreando a sus hijos como pueden, escarbando, y cuando llegan a encontrar algo las autoridades les dicen que no se puede investigar porque la escena del crimen ha sido alterada. Hazme el puto favor. Pero olvídate de las instituciones. Mírate, papi: ¿no eres periodista? De jodido podrías estar haciendo crónicas de lo que pasa aquí en lugar de estar escribiendo novelitas pendejas.

Camel City: el agente Lansky

23 de agosto de 1971
(día 66 del secuestro)

—¿De dónde sacaste esos conejos, Alexander? —me escupió Esther apenas abrí la puerta de la casa. Se había quedado dormida en la sala, esperándome.

Fastidiado, no supe qué decir. En esos días era yo quien se esforzaba en sacar a la luz los secretos ajenos, y no estaba de humor para sentarme en el banquillo de los acusados. Lo malo era que la pregunta de mi esposa no era retórica: le sobraban las razones para querer rastrear el origen de los conejos. Orejas había muerto. Consternada, nuestra hijita lo había enterrado en el jardín usando una caja de zapatos como féretro. Lo peor era que, horas después, Patotas también empezó a vomitar sangre. Rachel estaba inconsolable. Preocupada, Esther había corrido al veterinario, quien le había mandado hacer al roedor toda clase de análisis.

—Tengo miedo, Alex. ¿No será contagioso?

Más por serenarla, le prometí a mi esposa que al día siguiente, muy temprano, desenterraría el cuerpo de Orejas y se lo llevaría a McKinley, el forense del condado.

—Es mi amigo. Él nos dirá qué tenía el animalito.

En plena madrugada ocurrió algo que empeoró las cosas. En la oscuridad, mi esposa me despertó asustada por un ruido. Juraba que alguien se había metido a nuestro patio trasero.

—Por favor, mujer, con el escándalo que hacen las cigarras…

—De verdad, Alex, tienes que ir a ver.

A regañadientes me puse las pantuflas, tomé la linterna y bajé a echar un vistazo. No era la primera noche que Esther escuchaba ruidos sospechosos, pero esa vez tenía razón: en el patio, inclinada sobre la jaula de los conejos, divisé una silueta. Un tipo enorme. Bastó echarle la luz encima para reconocer al malparido de Albert Howells. ¿Qué hacía en mi propiedad?

Debí abalanzarme sobre él, golpearlo, pero en vez de eso subí por la pistola. Al regresar me tropecé con una muñeca que Rachel había dejado tirada y fui a estrellarme contra la mesa del jardín. El alboroto puso a Howells en alerta. Aunque descargué un par de tiros, fue inútil. El cabrón se escabulló y lo único que logré fue espantar a los vecinos. Asustadas, mi hija y Esther se encerraron en el baño. Trece minutos después una patrulla se estacionaba frente a nuestro porche. No me fue difícil convencer a mis colegas de que había disparado tratando de espantar a un ladrón. Me prometí que la próxima vez que ese negro cayera en la cárcel lo haría vomitar sangre. Por lo pronto me apliqué en convencer a mi mujer de que el intruso era un ladronzuelo ocasional, pues ella había sacado sus propias conclusiones.

—Ese hombre venía por los conejos, Alexander. Por alguna razón él los ha estado envenenando, pero… ¿por qué?

Sé que tendría que haberle dicho la verdad. Pero algo, no sabría decir qué, me arrastró a mantener el secreto.

Esa misma tarde, el viejo Byrd recibió un paquete por parte de los secuestradores. Una mano anónima había dejado en sus oficinas una caja de cartón que contenía una larga trenza color cobre y un casete con una grabación de dos minutos y dieciséis segundos en voz de su hija:

> *Papá, mis captores se ven a sí mismos como soldados que luchan por una causa. Me consideran una prisionera de guerra, y me están tratando de acuerdo con*

la Convención de Ginebra. Me han dicho que no estoy aquí porque soy miembro de la clase dominante, sino porque el negocio de nuestra familia es clave en lo que está ocurriendo en Vietnam. Antes de exponerlo quiero hacerte una pregunta: ¿por qué Billy, mi hermano, no está peleando allá?

Antes de responder debo tocar un asunto importante: 51% de nuestros elementos en Vietnam ha fumado mariguana, 28% ha consumido heroína o cocaína y 31% ha usado drogas sicodélicas, como hongos y LSD. No se trata de probar por travesura: al menos 15% de nuestros soldados en Vietnam son adictos a la heroína. Están enganchados. En una medida demagógica, el presidente Nixon ha anunciado que ningún soldado adicto podrá volver a casa porque su dependencia los hace criminales en potencia. Pero alrededor de todo esto hay cosas que no se han dicho, por ejemplo, que el gobierno mismo provee de anfetaminas a los soldados para que tengan una mejor actuación en batalla, o sedantes para lidiar con el estrés. Las pastas allá circulan como dulces. Darvon, codeína, anfetas, de todo. Preferíamos quedarnos sin balas que sin pastillas, dicen mis plagiarios. Por eso creen que si el país no puede hacerse cargo de ellos, lo justo es que aporten quienes han lucrado con la guerra. Aquí entras tú, papá. Tu compañía ha regalado millones de cajetillas para enganchar a nuestras tropas al tabaco. Hoy te toca devolver parte de lo mucho que has recibido. Te recuerdo que mis secuestradores son profesionales, están armados y tienen una bomba capaz de terminar con Camel City. Están dispuestos a utilizarla si no cooperas.

Dentro de la caja había también una nota que exigía, como señal de buena fe, que los Byrd pagaran por adelantado el equivalente a dos años de sueldo a cada soldado norteamericano en Vietnam.

Por la entonación y las pausas, los expertos del FBI juzgaron que la chica estaba leyendo. Pero hallaron algo más: amplificando la grabación podía escucharse al fondo el silbido que indicaba el cambio de turno en la fábrica de cigarros. Era evidente que los raptores tenían a la niña en algún lugar del centro.

El toque de incluir en la caja la trenza cobriza era más que una amenaza. Como era de esperarse, el mensaje detonó reacciones que iban de la absoluta psicosis al patriotismo ciego. Lo peor fue que la mención de la bomba inyectó miedo en toda la región. Cualquiera que cargara mochilas o maletas en un sitio público provocaba desconfianza, mientras que en la comandancia no nos dábamos abasto para atender la ola de denuncias que afirmaban haber visto a muchachas parecidas a la joven raptada junto a sujetos sospechosos. Hubo incluso un cazador que juró haberse topado con un pelotón vietnamita en plenos Apalaches, aunque el supuesto comando resultó ser un grupo de ornitólogos de Corea del Sur en busca de cardenales y saltaparedes.

Por su parte, el viejo Byrd se encerró con sus asesores para calcular cuánto costaría cumplir con la exigencia de los secuestradores. Tomando en cuenta que un soldado raso ganaba ochenta y tres dólares al mes, y había más de ciento treinta mil efectivos en Vietnam, pagar a cada familia dos años de sueldo equivalía a doscientos sesenta millones de dólares. Carajo. Al día siguiente, en un mensaje transmitido por televisión, el magnate declaró: «Hattie, espero que estés escuchándome. A tu mamá y a mí nos complace saber que estás bien. Sólo quiero que sepas que estamos haciendo todo lo posible por sacarte de allí, pero lo que tus captores piden está fuera de nuestro alcance. Sin embargo, dentro de las próximas cuarenta y ocho horas haré lo que esté de mi parte para hacer una contraoferta aceptable. Respecto a la bomba, hazlos entrar en razón, no creo que sea una buena idea para nadie».

Pendejadas. El viejo Byrd podía pagar eso y más, pero la contraoferta era una artimaña para ganar tiempo. Trabajábamos a marchas forzadas hurgando en registros de excombatientes, interviniendo líneas telefónicas, allanando casas y negocios, siguiendo a cualquiera que pareciera sospechoso. El magnate había accedido a que decenas de agentes encubiertos peinaran las calles de la ciudad en busca de pistas o de establecer contacto con algún informante, pero ninguna de nuestras fuentes habituales tenía idea de quiénes habían secuestrado a la muchacha. La grabación había dejado claro que no sería una negociación sencilla. Conforme pasaban las semanas, la moral de los Byrd parecía resquebrajarse. Un día sí y otro también, periodistas de todo el país se apostaban afuera de las oficinas de la cigarrera para saber si había novedades. Pero después de escuchar mil veces la grabación, y de cotejar el pobre retrato hablado que teníamos con los registros de delincuentes, había llegado el momento de admitir que estábamos en un jodido callejón. Conforme pasaban los meses, las hipótesis más descabelladas empezaban a parecerme plausibles.

Por la razón o la fuerza: el profesor Ayala

12 de septiembre de 1973,
Culiacán, Sinaloa
(2 años, 4 meses y 10 días antes de la fuga)

Te extraña que Rosario no haya venido a clase, pues al llegar viste el Impala estacionado afuera. Luego de buscarla en la biblioteca y en la cafetería, la encuentras más allá de la cancha de básquet; sentada en una jardinera con un periódico en las manos:

—Hola —le entregas un paquete de coricos.

—Hola, Gandhi —se levanta, te muestra el diario—: mira tu no violencia.

Una nota de *El Debate* abunda en lo que escuchaste en la mañana por la radio: en Chile la Marina se ha sublevado contra el presidente Allende. El poder está en manos de una junta militar.

—Dicen que Allende se suicidó —respondes.

—No jodas, Bernardo —revira—. Lo de menos es quién apretó el gatillo. El señor confió en los militares y mira cómo le pagaron, chingao. Tiene razón Clemente: los hubiera fusilado a todos.

—Ah, conque Clemente… ya salió el peine.

—Peine tu abuela, lee.

El diario consigna que a los golpistas les llevó apenas seis horas tomar el control de aquel país. Junto al artículo se exhiben fotos: el Palacio de La Moneda bombardeado con artillería pesada, tanquetas en las calles, militares arrestando civiles. En el Estadio Nacional y la Universidad Católica fueron detenidos cientos, quizá miles de obreros y estudiantes. Al caos se suma la falta de información, pues los reportes fluyen a cuentagotas. Lejos de asentarse, las aguas se enturbian.

—El Derecho vale madre, Bernardo —dice la muchacha—. La única manera de cambiar las cosas es como dice Mao: arrancar de raíz las yerbas venenosas. ¿Qué puedes esperar de los militares en un país que tiene como lema *Por la razón o la fuerza*?

—Cálmate, Chayo. ¿Sabes de dónde viene ese lema?

—¡Me importa una chingada! Esto es la vida, no una clase —exhala con fuerza—. Y si fuera una clase, la lección sería que no se puede tocarles las pelotas a los ricos.

—Suena raro dicho por quien maneja un convertible y estudió en un internado gringo.

—Te oyes peor tú defendiendo privilegios que no tienes.

Su pulso tiembla tanto que un par de coricos se caen del paquete y en vez de recogerlos, la muchacha los pisa. Luego se pone a hurgar en su bolso y saca una cajetilla de Delicados. Dentro del bolso, nadando entre sus cosas, alcanzas a ver un frasco de cápsulas. Seconal.

—¿Y eso? —señalas las cápsulas—. ¿No que ya no las tomabas?

—Sólo por unos días —la chica intenta encender el cigarro, sus manos tiemblan.

—¿Y encima vas a fumar?

Te ignora y fija la vista en la cancha de básquetbol, donde unos muchachos estiran y hacen calentamiento.

—Entiende, Chayo. También estoy preocupado, pero la violencia genera violencia.

—¿Y qué sugieres, mi rey? ¿Poner la otra mejilla?

—No tanto, quizá basta con ponerse unos lentes oscuros y disfrazar el golpe.

—Escúchate: hablas como si Clemente fuera el enemigo.

—¿Prefieres que actúe como él? Sí, hagamos eso: ¡agarremos los fierros, secuestremos un avión y vámonos a Chile! Tiempo al tiempo, Chayo. La justicia acabará por imponerse.

—En tus sueños —vuelve a fumar—. Insisto: muerto el perro, se acaba la rabia.

—O acabamos todos contagiados.

—Pues mejor rabiosa que dormida.

Le cuentas una historia que el padre Farías solía relatarles en el seminario: camino de Barcelona cabalgando en un burro, san Ignacio de Loyola se encontró con un árabe que viajaba a una villa cercana. No tardaron en conversar, y el moro se mostró incrédulo ante el dogma de la virginidad de María. ¿Cómo era posible que una mujer, después de parir, siguiera siendo virgen? A punto de tomar una desviación, el moro picó las espuelas de su caballo y gritó: *¡No! ¡Por Mahoma, la madre de Jesús no era virgen!* Indignado, Ignacio pensó en alcanzar al blasfemo y matarlo. Pero el soldado recién convertido a la fe no tardó en entrar en conflicto, pues eso significaba romper su promesa de abandonar toda violencia. Entonces, al ver que el camino se bifurcaba, tuvo una idea: soltó las riendas del burro y dejó que el animal eligiera el camino: si tomaba el rumbo de Barcelona, Ignacio perdonaría al moro, si seguía el camino del blasfemo, sería una señal de Dios para castigar con su espada la blasfemia… El burro, cuenta la leyenda, siguió el camino de Barcelona y así san Ignacio quedó liberado, ¿comprendes?

—No.

Una semana más tarde vuelves a ver el convertible de Rosario en el estacionamiento. Esta vez ni siquiera tienes que buscarla, pues ella te increpa con el periódico en la mano:

Monterrey, N.L.- El prominente industrial regiomontano don Eugenio Garza Sada fue abatido a tiros, junto con su chofer y uno de sus ayudantes, por cinco individuos que intentaron secuestrarlo a las 9:15 horas, cuando se dirigía en su automóvil Ford Galaxie modelo 72 a las oficinas generales de la Cervecería Cuauhtémoc. Dos de los delincuentes resultaron muertos en el tiroteo que hubo en el acto. Garza Sada, puntal de la industria regiomontana y principal figura de Monterrey, contaba con 82 años de edad al ser asesinado. El fallido secuestro tuvo lugar en la colonia Bellavista, en el sector popular al norte de esta ciudad, por donde diariamente circulaba el industrial para ir a su trabajo. Los cinco bandidos, según los testigos, tienen de 28 a 30 años de edad. No se ha logrado identificar a ninguno.

En el despacho, en la universidad, en el país entero no se habla de otra cosa. Ahora no es rabia sino miedo lo que adivinas en el gesto de Rosario. Las ojeras y el temblor en sus manos sugieren cosas de las que preferirías no enterarte.

—Se llevaron a Clemente y a una compañera. Tenemos que hacer algo —dice—. No sabemos dónde están, dónde los tienen.

No hay que ser un experto para advertir que no se trató de un simple robo. Que el operativo tiene todas las marcas de las organizaciones clandestinas. Y que los van a cazar como ratas.

—Va a correr sangre, Chayo. Tú lo dijiste: no se puede provocar a los empresarios.

—¿Y te parece bien?

—Claro que no, pero qué puedo hacer.

—Tú has dicho que la razón acaba por imponerse —la chica entrecierra sus ojos color miel—. Es tu oportunidad de demostrarlo.

—¿Cómo? Con ésos no se dialoga.

—Ayúdame a buscarlos, Bernardo, a denunciar que se los llevaron.

—¿Y por qué tú, carajo?

—¿Entonces quién?

—No son enchiladas, Chayo. Aquí al que levanta la cabeza se la cortan.

La muchacha hurga en su bolso y saca varias copias de un volante que responsabiliza a las autoridades de lo que les suceda a los muchachos detenidos; además de sus nombres, da fecha y lugar donde fueron levantados por hombres que dijeron ser policías municipales, pero que no se identificaron y llegaron en un auto sin placas. La situación tiene trazas de haber sido un operativo de la Dirección Federal de Seguridad.

—Debes querer mucho a ese vago como para hacer algo así, Rosario. No cuentes conmigo. Piensa en las consecuencias.

—No lo hago por Clemente ni por la chica, lo hago por todos. Si no me ayudas, los buscaré yo sola. Estoy cansada de escucharte decir que la ley nos da herramientas para combatir las injusticias y cuando puedes usarlas para defender inocentes, te haces a un lado.

—El asunto es que muchos de ellos, empezando por tu noviecito, no son inocentes: asaltan bancos, roban coches, secuestran empresarios…

—Sabes que no por delinquir una persona pierde sus derechos, entre ellos el de una defensa legal. El Estado es el primero en violar la ley porque los trata como si se los tragara un hoyo negro. Sin audiencias, sin juicio, ni siquiera sabemos en dónde están. Igual o peor que en Chile.

—No exageres, Rosario, tú y yo sabem…

—Lo que yo sé es que el tiempo máximo para presentar a un detenido es de veinticuatro horas. Artículo 107 fracción 18 de la Constitución, por si se te olvidó. Pero en muchísimos casos a los camaradas los mantienen incomunicados hasta un mes: los torturan, los matan, jamás se vuelve a saber de ellos porque en México los presos políticos no existen. A ti como abogado te toca hacer que existan, Bernardo. No te pido que hagas nada fuera de la ley.

Tomas un camión de regreso a tu casa y en el trayecto vuelves a las páginas de la novela que Rosario te prestó. Comenzaste a leerla hace una semana, casi por compromiso, y no te has atrevido a decirle lo que piensas: tu problema, Chayo, es que no sabes distinguir entre los libros y la vida. *Matar un ruiseñor* es una novela entretenida y bien escrita pero hasta allí. En México, Atticus Finch no duraría vivo una semana.

Camel City: Rosario

20 de marzo de 1971
(90 días antes del secuestro)

—Hey, México ¿sigues dormida?

(¿Eh? ¿Qué hora es?)

—Ya me voy —dice Harriet—. Sólo quería avisarte que llevo tus zapatos.

—¿Zapatos? ¿Cuáles?

—Los verdes. Ayer dijiste que no había problema si los usaba. Tengo ensayo y no hallaba qué ponerme.

(Pinche pelirroja, podrida en dinero y pidiendo zapatos prestados. Claro, si no hubiera hecho pedazos aquel hermoso vestido corte imperio... aunque, ahora que estás en el taller de costura, tienes que reconocer que no lo hizo nada mal.)

—¿Ensayo? ¿No que ya no ibas a ir?

—De pronto me volvió la inspiración.

(Aprende, pendeja: combinados con el vestido de retazos, la pecosa le saca a los zapatos más partido que tú.)

—¿No vas a desayunar?

—No. Se me hace tarde —Harriet camina hacia el baño—. ¿Quieres algo del centro?

—¿Puedes poner en el correo las cartas que están sobre mi escritorio?

Mamá lleva ocho meses sin responderte una carta, una llamada. (¡Ocho! ¿Qué le pasa, no piensa perdonarte?) Ni siquiera ayer, que cumpliste dieciocho años, Ana María quiso hablar contigo. Sólo hablaste con papá, quien dijo que añadiría un extra en tu mesada, y con tu prima Paula, que prometió llevarte a conocer el Baby'O la próxima vez que fueran a Acapulco. Total, de aquel lado de la frontera ya eres mayor de edad.

—OK, ya tengo que irme —dice Harriet, fagot al hombro—. Bye.

Cuando te levantas, una hora y diez minutos más tarde, las cartas siguen sobre el escritorio. Mejor será que vayas a ponerlas en el correo hoy mismo, así llegarán antes de las vacaciones de Semana Santa. Pinche pecosa, anda bien distraída. Eso sí, se han vuelto mejores amigas desde que le conseguiste la yerba del diablo. Fue aún más fácil que en México, y para tu sorpresa no fue la bruja del mercado quien te ayudó sino Amapola, la señora de la fonda. Mire, señorita, la datura ni es yerba ni es del diablo, te explicó. Dicen que es venenosa, pero es una planta noble con quien sabe tratarla. Quién iba a decir que acá crece por todas partes, que no es raro hallarla cerca de los arroyos, a pie de carretera y hasta en los terrenos baldíos del centro de la ciudad.

El menú de tu festejo, ayer por la tarde, no fue datura ni mariguana, sino pastillas. Jugabas al ping-pong con Thana cuando Harriet llegó al salón de juegos con una sonrisa. ¡Hey, México, felices dieciocho! ¡Acabo de conseguir éstas!, dijo, y te lanzó un frasquito lleno de cápsulas rojas. Seconal. Les llaman *red devils* y pegan increíble.

(Es viernes y cumples dieciocho años, qué carajo.)

Instantes después estaban las tres encerradas en su cuarto mientras en el tornamesa sonaba *Bitches Brew* de Miles Davis. Harriet fue la primera en tragarse las cápsulas. Tú y Thana la imitaron y se tumbaron en la alfombra a esperar el efecto. Era como si tu mente escapara del cuerpo, o al revés: tenías dificultades para enfocar la vista y tu lengua era un sapo asustado, pero en cambio sentías cada una de las vértebras de la columna. Luego Harriet cambió la música: *Abraxas*, de Santana. Nada como viajar con esto, dijo. Te preocupaba no comprender la letra hasta que le preguntaste a la pelirroja qué significaba para ella. Cabeceando al ritmo de la música, la pelirroja te dijo:

—Ay, México, quítate por un minuto la faja de la razón.

Aún no terminaba el efecto cuando Harriet abrió la puerta, fue a su clóset y comenzó a sacar cosas: una caña de pescar, una bola de boliche, un saxofón, un juego de raquetas de grafito. ¿Qué haces?, le preguntó Thana desde el piso. Nada de esto me interesa, dijo Hattie, mejor que circule. Voy a llevarlo ahora mismo a la beneficencia. Veinte minutos más tarde, un voluntario las ayudaba a descargar los objetos del Mercedes-Benz de la pelirroja. Luego tu amiga quiso entrar a la tienda. Dentro había un caos de ropa usada, trastos de cocina, discos, aparatos, juguetes, libros. Increíble la cantidad de cosas que tiran los gringos. La pecosa, quien se refirió a ese sitio como el depósito de fantasmas, te dijo que lo que más le gustaba de este lugar era que se traslapaban distintas épocas y geografías. Por un momento sentiste el deseo de buscar un vestido corte imperio parecido al que Harriet destazó. Mil veces le habías dicho que nunca la ibas a perdonar que lo rasgara para hacer un *patchwork*.

—Abre bien los ojos, México —Harriet señaló el almacén lleno de trebejos—: tan sólo leyendo los mensajes de las playeras puedes hacer la crónica de los últimos cincuenta años.

Tenía razón: del *nuk'em first* al *disco sucks*, estaban allí las frases más representativas de cada época. Había además logotipos de equipos deportivos, bares, tiendas y universidades. Aunque en teoría allí compraba sólo la población más necesitada, se toparon con gente de toda clase: un par de mujeres morenas que hablaban en hindi. Más allá, una pareja de ancianos rubicundos, vestidos con toda propiedad, atiborraban de libros un carrito: ella apilaba novelas románticas, él cargaba dos gruesos ejemplares de novelas policiales condensadas. Jubilados sin duda, dijiste, pero a esas alturas la pelirroja miraba a una mujer negra y alta, con vestido de encaje y cabello afro, quien sopesaba en las manos el estuche de la bola de boliche que tu amiga acababa de donar. En un tris Hattie forcejeaba con ella. En vano tú y un voluntario intentaron separarlas: mientras tu compañera gritaba que la bola era suya, la mujer insistía en que ella la había visto primero. Armaron tal escándalo que la gerente acabó por acercarse. Era una mujer mayor, también de raza negra, con el cabello salpicado de canas.

—Lo siento, aquí la señora preguntó desde hace rato por el precio de la bola.

—No lo dudo, pero esta bola es mía —respondió Harriet con voz pastosa—: la traigo siempre en el maletero de mi coche, quizá el voluntario que me ayudó a descargar la bajó por error. Mire, tiene mi nombre grabado.

—¿Lo ves? Siempre hay manera —dijo la pelirroja guiñándote un ojo cuando, tres minutos después, depositaba el estuche en la cajuela de su Mercedes-Benz.

—Dijiste que ya no la querías, Hattie.

—Sí, pero no iba a dejar que esa zorra se la quedara. Te juro que, si no nos separan, le hubiera quitado hasta las arracadas.

Casi es mediodía y el dolor de cabeza no se va. Podrías ir a la fonda de Amapola y pedirle unos chilaquiles bien picosos. Te da risa pensar que tus padres te han mandado aquí a disciplinarte y acabas de celebrar tu cumpleaños con un viaje de barbitúricos. Más aún, decides estrenar tu recién adquirida posibilidad de comprar cigarros mercando una cajetilla de Camel. Cuando la empleada te pide una identificación muestras tu pasaporte con orgullo.

Sales a la calle y enciendes el primer cigarro. El humo te pica en la garganta. Así que a esto sabe ser adulta. Avanzas por Liberty cuando crees reconocer a Harriet caminando por la acera del Woolworth. Sí, es ella: tus zapatos verdes, vestido de retazos, fagot al hombro. ¿Terminó ya el ensayo? Aprietas el paso para alcanzarla: podrían ir juntas al Finnegan's por un café. Justo en ese momento, un motociclista se acerca a la banqueta sin apagar el vehículo. La pelirroja se detiene. Parece que hablan, pero es difícil saberlo porque el motociclista trae un casco decorado con motivos sicodélicos y una chamarra de piel que luce en la espalda la bandera del ejército confederado.

Segundos después tu compañera mete la cabeza en otro casco, sube a la moto y abraza al conductor antes de perderse en el tráfico de Cherry Street. ¿Qué carajo? En tu cabeza las piezas de un *puzzle* comienzan a hacer clic: No tengo qué ponerme. Clic. Me volvió la inspiración. Clic. Tan abstraída estás que sólo reaccionas cuando la brasa del cigarro te quema los dedos. Tiras la colilla y la pisas como si fuera un alacrán.

En los caminos del sur: Fernanda

22 de abril de 2017,
Arroyo Oscuro, Guerrero

Fernanda seguía subiendo a Arroyo Oscuro cada quince días para las sesiones de temazcal con Mamá Flor. Una tarde, hurgando entre los libros viejos que habían sido de Amparo, encontró otro recorte de periódico:

La sangre desconocida

Como un padre que rechazara a su hijo, en junio de 1950 José Revueltas retiró su novela Los días terrenales *de las librerías y se dijo avergonzado de ella. Durante meses había sufrido la presión de la crítica dogmática que veía en el realismo socialista la única solución a los problemas de la estética, y que consideraba reaccionaria o pesimista cualquier otra corriente artística. Sin ir más lejos, durante el Congreso de Escritores Latinoamericanos celebrado ese año, Pablo Neruda había declarado: «Acabo de leer un libro de José Revueltas. No quiero decir cómo se llama. Para algunos de los que aquí están este apellido Revueltas puede no tener significación. Para mí la tiene y muy grande… Hoy este nombre me trae en las páginas de mi antiguo hermano en comunes ideales y combates la más dolorosa decepción. Las páginas de su libro no son suyas. Por las venas de aquel noble José Revueltas que conocí circula una sangre que no conozco. En ella se estanca el veneno de una época pasada con un misticismo destructor que conduce a la nada y a la muerte».*
En la polémica novela, Revueltas retrata a una célula de comunistas con posiciones encontradas. El

137

capítulo seis gira en torno a la disyuntiva de amar o no
a los hijos. Por un lado está Fidel, un fanático que sos-
tiene que quienes ingresan en las filas del comunismo
deben vivir únicamente para la causa, no tienen dere-
cho a una vida privada. Más todavía, el tipo predice la
disolución de la familia como célula de la sociedad. Re-
cuerda haber leído un pasaje donde una joven soviética
razona que «si en el comunismo la familia está desti-
nada a desaparecer, también desaparecerá, sin duda, el
amor a los hijos». Convencido de que es un sentimiento
burgués, Fidel no se conmueve ni ante el cadáver de
su propia hija, la pequeña Bandera, que yace muerta
en su cuna porque no hay dinero para comprarle un
ataúd.

Fernanda tenía sentimientos encontrados frente a
la figura de Neruda. Al parecer, la de José Revueltas no
era la única sangre que el poeta desconoció. En alguna
otra parte había leído que Neruda renegó también de su
única hija, Malva Marina, una pequeña con hidrocefa-
lia a la que abandonó cuando tenía dos años de vida. Su
rechazo llegó al grado de no mencionarla en su autobiografía de casi quinientas páginas. Fernanda no dejaba de
pensar que Neruda, el indignado censor de la novela
de Revueltas, era el mismo hombre que en sus memorias
confesaba haber violado a una muchacha en Ceilán, una
paria que vaciaba las letrinas: *era tan bella que a pesar de*
su humilde oficio me dejó preocupado. Como si se tratara
de un animal huraño, llegado de la jungla, pertenecía a
otra existencia, a un mundo separado […] Una mañana,
decidido a todo, la tomé fuertemente de la muñeca y la
miré cara a cara. No había idioma alguno en que pudiera
hablarle. Se dejó conducir por mí sin una sonrisa y pronto
estuvo desnuda sobre mi cama. En sus memorias, Neruda
definía aquel pasaje como «el encuentro de un hombre

con una estatua». A Fernanda le parecía más bien el encuentro de una mujer con un monstruo.

Esa tarde, Mamá Flor le pidió que le ayudara a alimentar a sus gallos, esos que mantenía en una jaula al fondo del patio. Por hacer conversación, Fernanda preguntó cómo se llamaban.

—No tienen nombre, licenciada.

—Y eso por qué.

—Porque son de pelea, a todos me los van a matar.

Fernanda pensó entonces que, si estuviese escribiendo una novela, el asunto de los gallos hubiera funcionado como símbolo de las obsesiones de Mamá Flor. Claro, ese símbolo ya lo había usado García Márquez en *El coronel no tiene quien le escriba*, donde el ave es la única herencia que les queda al coronel y a su esposa del hijo asesinado. Una esperanza que se come lo poco que les queda, que los empobrece más cada día, como le ocurría a la partera de Arroyo Oscuro. Luego de que los soldados se habían llevado a su hija Amparo, Mamá Flor se había dedicado a criar hijos ajenos con la misma lógica que a los gallos.

A Fernanda le había bastado investigar un poco para darse cuenta de que durante los años setenta hubo decenas, cientos de muchachas desaparecidas cuyos perfiles correspondían al de Amparito. Fueron tantas y se sabe tan poco de ellas que es casi imposible distinguir un caso de otro: a una la detuvieron entrando a la central de autobuses de Taxqueña, a otra en un retén en El Salto, Durango; a otra en la colonia Doctores, en la Ciudad de México; arrestadas por piquetes de soldados, por sujetos vestidos de civil que se las llevaron a la fuerza en autos sin placas, muchachas que entraron en una casa y nunca salieron. No faltaban las que fueron bajadas a la fuerza de autobuses o levantadas al salir de la universidad. Algunas eran estudiantes que estaban en el lugar y el momento equivocados. Otras llevaban armas o documentos importantes para la guerrilla, o buscaban infiltrarse en las normales y formar círculos de estudio para reclutar a más compañeras. Fernanda intentaba imaginar lo que significaba para ellas romper con sus familias de la noche a la mañana y pasar a la clandestinidad. Muchas de ellas murieron y sus cuerpos nunca fueron reclamados, sus nombres reales no llegaron a conocerse. Otras cayeron presas sin que nadie supiera dónde estaban. De algunas sí se sabían los nombres, entre ellas Alicia de los Ríos, Teresa Estrada, las hermanas Violeta y Artemisa Tecla Parra, Fabiola Castro... Más allá del cartel, en ningún lado se consignaba la existencia de Amparo. Lo peor es que Mamá Flor tenía razón: de poco servía conocer datos a los que renunciaban apenas entraban en la clandestinidad. De un día para otro perdían los apellidos y se convertían en Isabel, Andrea, Nadia, Lorena, la Chapis. Leyendo aquellos testimonios, Fernanda aprendió que la mayoría de las mujeres que caen en prisión comienzan a menstruar apenas las encierran. Porque el miedo y la sangre se atraen.

—Con perdón, licenciada, aquí la vida vale un gargajo —dijo la anciana, mirándola con su único ojo sano—. Así como hoy las usan como mulas para mover la droga, en los setenta los guerrilleros usaban a las muchachas para repartir propaganda, llevar mensajes, transportar armas. Sus familias jamás volvían a verlas.

Pero era justo en esos detalles donde la historia de Mamá Flor no acaba de cuadrar, pues sostenía que Amparito, su hija, volvía cada verano a Arroyo Oscuro. Fernanda llegó a pensar que la muchacha era un invento de la anciana para lidiar con la frustración de nunca haber sido madre. ¿Acaso no se dedicaba a eso, a ayudar a otras mujeres a tener hijos, a cuidar hijos ajenos? Pero si el asunto era inventado, ¿cómo explicar el vestido de retazos, los recortes de periódico, los libros llenos de notas?

—Cuando la situación se puso más cabrona, Amparito me pidió que enterrara sus cosas para que los guachos no las hallaran —decía a veces Mamá Flor mostrándole el morral—. No le faltaba razón. Desde entonces, a cada rato llega el operativo.

Además de viejos ejemplares de *Los días terrenales*, de *Rayuela*, del *Libro Rojo* de Mao y del manual de *Teoría y acción revolucionarias* de Marighella, que estaban en el morral de la muchacha desaparecida, Mamá Flor conservaba un par de libros que habían sido de su yerno, el guerrillero herido a quien había asilado por varias semanas: *El diario del Che en Bolivia* y *Con las armas en la mano* de Camilo Torres.

Otra tarde, mientras le enseñaba cómo tejer las cucarachas de agua en el telar, Mamá Flor le dijo a Fernanda cómo era que había perdido la visión del ojo izquierdo. Unos policías la habían torturado tratando de sacarle información sobre su hija.

—Me apagaron un cigarro en el ojo, los hijos de la chingada —se lamentaba—. ¿Y sabe qué es lo que más me dolió? Que me doblé, pues. Lograron que les dijera dónde estaba mijita.

Ella y Amparito habían dejado de verse durante muchos años. Pero no vaya a creer que fue por gusto, licenciada: unas botan a sus hijos en la basura, otras apachurran al bebé sin querer mientras duermen, a ella se la habían quitado a la mala, con engaños. Por eso a veces nomás no se entendían, porque su muchachita había sido criada en otra casa, con otras costumbres. Pero la sangre llama, y años después Amparo había subido a la sierra a buscarla. No debió ser sencilla la relación entre las dos, como ahora tampoco era sencilla su relación con Viury.

—Se la encargo, licenciada —decía Mamá Flor mientras le enseñaba a Fernanda a abrir la calada y pasar la trama en el telar—. Si mira a esa cabrona haciendo huaca, jálele las orejas.

—¿Huaca?

—Desmadre, pues. Porque a aquella le encanta meterse en problemas.

Con el tiempo quedó claro que Mamá Flor recordaba más de lo que decía. Quizá tenía terror de hablar. Lo que nadie supo, acaso ni ella misma, es hasta qué punto esos recuerdos hubieran servido para encontrar a la hija que buscaba. Vivía en un mundo de sombras, y no en sentido metafórico. A pesar de que estaba casi ciega, se movía en la montaña con increíble soltura y era capaz de descabezar una gallina usando sólo las manos. Sin embargo, muchas veces, mientras le ayudaba a juntar ramas de toronjil o la observaba cruzar trama y urdimbre en el telar, Fernanda atisbó en ella un aire de curiosidad que no casaba del todo con la mujer que se aferraba a las rutinas de la pobreza como tabla de salvación. Los domingos por la mañana, muy temprano, la profesora emprendía el regreso a Chilpancingo por una vereda iluminada sólo por los faros del camión. Trataba de convencerse de que no era inútil preguntarle a Mamá Flor detalles específicos sobre su hija, pero, como mucha gente de la zona, la mujer vivía con miedo y había desarrollado una forma de hablar que le servía más para ocultar que para decir. Cada semana sus respuestas eran tan distintas que en visitas consecutivas llegó a decir una tarde que sólo había tenido una hija y otra que había tenido siete, e incluso que su nombre ni siquiera era Flor.

Camel City: Harriet Byrd

27 de agosto de 1971
(día 70 del secuestro)

El último viernes de agosto, la corporación Reynolds anunció que había depositado cuatro millones de dólares en un fideicomiso para tratar las adicciones en veteranos de guerra, pero que el dinero sería retirado si no se liberaba a Harriet en el plazo de un mes. Las semanas siguientes fueron de absoluto silencio. Llegamos a pensar que la chica había muerto.

Fue por esas fechas que McKinley, el forense, me explicó qué había matado a Orejas, el conejo de mi hija:

—Tenía los pulmones llenos de humo, Lansky. Más que ahumados, estaban carbonizados.

No todo eran malas noticias, por suerte: mi hija Rachel me quería más que nunca, pues Patotas, restablecido del todo, había tenido una camada de gazapos con otra coneja.

El 18 de septiembre el viejo Byrd recibió otra grabación en sus oficinas:

Papá, éste será el último mensaje que te envíe. Desde el momento de mi secuestro, hace tres meses, has evitado pagar el rescate para ganar tiempo, a pesar de que tu falta de compromiso pudo haber provocado mi ejecución. Tus acciones me han dado una gran lección, y en alguna forma te estoy agradecida. En estos meses he cambiado y he crecido mucho. He tomado tal consciencia que no podría volver a la vida que llevaba antes. Como resultado de mi encierro he comprendido que ninguno de nosotros podrá ser libre mientras no lo seamos todos. Sé que la clase dominante es capaz de cualquier cosa con tal de mantener sus privilegios. Eres un sultán que prefiere sacrificar a su hija que perder sus millones de camellos. Mis captores me han dado a escoger entre soltarme o unirme a su lucha. Elegí pelear.

Papá, mamá, no hay necesidad de seguir negociando mi liberación. Consideren esto una ruptura. Pero no piensen que con eso la ciudad se ha librado de la amenaza que pende sobre ella, y que ustedes han tomado a juego. Les anticipo que seré yo misma, en un futuro cercano, quien detone la bomba que ha de pegarles donde más duele.

Se despide,
Harriet Elizabeth Byrd

Por la razón o la fuerza: el profesor Ayala

18 de septiembre de 1973,
Culiacán, Sinaloa
(2 años, 4 meses y 4 días antes de la fuga)

Rosario te contó que eran casi las doce de la noche del martes cuando sonó el teléfono. Su hermanito dormía y sus padres habían salido a una cena. Desde el otro lado de la línea una voz agitada le pidió ayuda por favor, se llevaron a Clemente y ahora vienen por mí, dicen que son policías… cuando pudo reaccionar, la comunicación se había cortado. ¿Era un mal sueño? No, tenía aún la bocina en la mano. ¿Entonces quién, por qué le había marcado? ¿Era una mujer, un niño? La única certeza que Rosario tenía era que alguien se había llevado a Clemente. ¿Qué debía hacer? ¿Ir al estudio del pintor, avisarle al resto de la célula? Pensé en llamarte, Bernardo, pero ¿y si las líneas están intervenidas? ¿Irían por mí, por ti? Te contó que se había pasado en vela el resto de la noche, angustiada. Cuando el cielo empezó a pintarse de tonos rojizos ya había decidido que se acercaría al estudio de Clemente por lo menos para tantear las aguas. Tenía que hacer algo. Necesitaba hacerlo.

El pintor vivía en el centro, en un cuartucho miserable al fondo de un callejón sobre la Aldama. Rosario pasó por afuera dos veces y, como no vio a nadie, se animó a acercarse. El entorno parecía vacío, como si los vecinos estuvieran escondidos o se hubieran largado para no escuchar algo que pudiera comprometerlos. Consciente de que podía incriminarla, llevaba su llave oculta dentro del calcetín izquierdo. Ni siquiera necesitó sacarla: la puerta estaba entreabierta y la cerradura forzada. Era fácil imaginar qué había ocurrido: regados en el suelo, entre bastidores rotos, espátulas y pinceles, había libros, discos, ropa. Poco a poco, con piezas de aquí y allá, fue armando el rompecabezas: quien le había llamado por teléfono era Galvia Mireles, una joven amiga del pintor. Lo supo no sólo porque encontró en el piso uno de sus cuadernos y la credencial que la acreditaba como estudiante de la escuela de artes plásticas, sino también porque en el suelo, con huellas de pisadas, encontró el boceto de una chica desnuda de cabello recortado a la pixie, como lo usaba Galvia. Pinche Clemente, mil veces había negado que esa morra le gustara. Galvia y Rosario apenas si se conocían, y que ella supiera la muchacha no estaba involucrada en la organización. ¿Por qué la había llamado? Lo más probable es que le hubiese marcado porque su número estaba anotado en un trozo de papel pegado en la pared con cinta adhesiva. En vano, Rosario pidió informes a los demás vecinos: nadie sabía nada, nadie oyó nada, nadie vio nada. Por otros compañeros de la facultad supo que Clemente había estado en la taquería del mercadito Rafael Buelna alrededor de las ocho de la noche del martes. No había duda de que era él, pues estuvieron platicando unos minutos en lo que el taquero ponía dos órdenes de asada para llevar, incluso habían quedado de ir a un partido de los Tomateros apenas comenzara la temporada. Así, haciendo desde la esquina un ademán de pitcher, Clemente se despidió de los muchachos, quienes instantes después escucharon un derrapar de llantas y vieron cómo se bajaban tres vatos de un coche sin placas, negro o verde oscuro, quizás un Galaxie, y se lo llevaron. Como prueba de que decían la verdad le dieron a Rosario la mochila de Clemente con los tacos aún envueltos en papel revolución sudado de grasa. Según pudo establecer, pasaron más de tres horas desde que los de la Federal de Seguridad se llevaron a Clemente hasta que se presentaron en su estudio y encontraron allí a Galvia. Eso daba pie para pensar que la próxima en desaparecer podía ser ella, Rosario, o quizá incluso que los agentes la habían confundido con la chica del cabello corto, pues un contacto de la célula le confirmó que Galvia no tenía ningún vínculo con la organización. Los líderes le mandaron decir que lo mejor era que no volviera al estudio, pues sabían que Clemente era vigilado. Rosario no se arredró: tenía que denunciar lo ocurrido, poner en evidencia a la policía. Todo eso te contó en una conversación atropellada y terminó diciéndote que Clemente era huérfano como tú, Bernardo. Si no lo buscamos nosotros, nadie lo va a buscar. Los camaradas le habían ayudado a hacer volantes donde se denunciaba su desaparición: *AYÚDANOS A ENCONTRARLOS, ES PRECISO SALVAR SUS VIDAS, EXIJAMOS QUE SE LES PRESENTE PÚBLICAMENTE.*

—No, Rosario, no cuentes conmigo. Lejos de ayudar te causaría más problemas.

—Si no me ayudas, los buscaré yo sola.

Así empezó un peregrinar por cárceles, hospitales, oficinas de gobierno. De pronto alguien le decía que había visto a un muchacho en la novena zona militar: aunque estaba muy golpeado se parecía al de la foto; luego, alguien más hablaba de una pareja de jóvenes en el Semefo de Los Mochis o un camarada había visto el nombre de Clemente escrito en la pared de una cárcel clandestina quién sabe dónde. La búsqueda misma los fue distanciando. Por otros maestros que tampoco quisieron ayudarle a Rosario, supiste que la muchacha intentaba tramitar un amparo larguísimo que contemplaba desde el presidente de la República hasta el menor de los funcionarios. Que andaba de acá para allá por las calles del centro mostrando fotos de Clemente y de Galvia, preguntando si alguien los había visto. No volvieron a repetirse las conversaciones en la biblioteca, y durante el resto del semestre casi nadie la vio en la facultad. Si llegaban a toparse en un pasillo o en alguna actividad académica, te saludaba con un frío «Buenos días, profesor Ayala». Tú, en cambio, pensabas en ella más de lo que debías, mucho más de lo que en su momento habías pensado en cualquier mujer. Ya no te imaginabas a Rosario desnuda en un ático, sino tratando de no volverse loca buscando a Clemente, a Galvia, o a cualquiera que pudiera darle información, tratando de sacarle a la memoria algún detalle que le permitiera comprender por qué, dónde, quién, o tal vez tomando pastillas para dormir aunque fuera un rato y en constante pelea consigo misma para no imaginarse al pintor en una mazmorra oscura y húmeda, golpeado, aislado, enfermo. No podías competir con un fantasma, carajo. Entonces, a principios de diciembre, se supo que Galvia Mireles había vuelto a su casa. Contra todo pronóstico, la muchacha aceptó contarle a Rosario qué había pasado. Confirmó que Clemente y ella habían estado juntos la tarde en que se lo llevaron, que él salió a comprar algo para cenar y nunca regresó. Luego había llegado la policía al cuartito donde vivía el pintor. Galvia les exigió a los agentes que le permitieran verlo: si lo iban a dejar detenido, al menos tenía derecho a hablar con alguien. No, mi chula, aquí no se trata de derechos, le respondieron los policías, o nos dices dónde se esconden tus compañeros y dónde están las armas o amaneces ahorcada en la carretera. La habían llevado a una casa de paredes color verde pistache, sin muebles, donde tres sujetos la interrogaron, la violaron, la torturaron. Como prueba de que Clemente era guerrillero le mostraron objetos que habían requisado en el estudio: una postal del Che Guevara, un pasamontañas y un ejemplar de *Los conceptos elementales del materialismo histórico*, de Marta Harnecker. Galvia les dijo que ese libro lo vendían en cualquier librería, que no era delito tenerlo ni leerlo. Uno de los agentes, el que parecía el jefe, le dijo que se dejara de pendejadas y entregara las armas. ¿Cuáles armas, de qué hablan?, respondió la chica preocupada, ella no sabía nada. La golpearon con tubos forrados con periódico, le dieron toques, la sumergieron en una pileta de lavadero llena de orina y mierda. Le amarraron las manos por la espalda y la colgaron hasta que perdió la consciencia. Volvieron a violarla, le metieron una rata viva en la vagina. Si no pudieron sacarle información era porque de verdad nada sabía. Al fin fueron a tirarla en un basurero. En vano trató Rosario de convencer a los padres de la chica de que al menos levantaran un acta para dejar constancia de los atropellos, pues Galvia sólo quería irse de la ciudad. Fue por esos días que Rosario comenzó a buscar a los familiares de otros desaparecidos, a tratar de organizarlos para emprender acciones jurídicas en un frente común, a meter un amparo tras otro aunque los jueces los ignoraran. La mayoría optaba por no sumarse, las pocas que apoyaban la iniciativa eran sobre todo las mamás, las esposas, las hermanas de los muchachos desaparecidos. Comenzaba a hablarse de Rosario en la Facultad de Derecho, en los juzgados, en los cafés. Y no era para bien, porque una cosa era andar preguntando por el pintor y otra muy distinta andar dándole escobazos al avispero. Tanto insistía en promover amparos para los detenidos que a sus espaldas le colgaron el apodo de Amparito. Por eso la tarde en que la viste caminando hacia ti en el zoológico del Parque Constitución, te alegraste y te preocupaste al mismo tiempo. El sopor de la tarde estaba lleno de papás que llevaban a sus hijos a ver a los animales, a correr, a volar papalotes, a jugar beis y básquet. Por cómo te miraba, supiste que aquel encuentro no era una coincidencia:

—Iré al grano, profesor Ayala: dicen que en el penal de Lecumberri hay un muchacho cuya descripción coincide con la de Clemente. Me urge confirmar si es él. ¿Tiene usted manera?

—Chayo, Chayito…

—Estoy hasta la madre de palabras bonitas, profe. Allá usted si quiere sentarse a leer el evangelio mientras el país se hunde —aplastó el Delicado contra el tronco de una palmera—. La liberación en la que yo creo se alcanza de este modo.

Se veía más flaca, más ojerosa. Sus ojos ámbar te estudiaban y tuviste la impresión de que los papeles se habían invertido; que ahora ella te juzgaba incapaz. Con cara de disgusto y pulso alebrestado, encendía un cigarro tras otro. Está peor que nunca, pensaste mientras mirabas sus dientes y sus dedos manchados de amarillo por la nicotina. ¿Habría vuelto a escuchar voces en su cabeza?

—Chayo, Chayito… esto es una carrera de resistencia…

—A su edad, profesor, el Che Guevara ya había liberado a Cuba, había condenado frente a la ONU la guerra de Vietnam y había vuelto a agarrar los fierros en Bolivia.

—Date cuenta, muchacha: ese pinche barbón te llenó la cabeza de humo. Esto no es Cuba.

—Usted lo ha dicho mil veces: hay mil maneras de servir a la causa. Puedo aceptar que defienda la no-violencia, pero no que se quede de brazos cruzados. ¿No que la justicia acaba por imponerse? Ya estuvo de manosear esa palabra, aquí la pregunta es: ¿me va a ayudar o no?

Entonces, como en un destello, la idea se formó en tu cabeza. Sin pensarlo, le soltaste una propuesta que no estabas seguro de cumplir.

—Está bien. Yo voy a Lecumberri —dijiste con la boca seca—. Incluso te ayudo a sacarlo si es Clemente, pero a cambio quiero que me prometas una cosa: en cuanto salga te olvidas de él y vuelves a terapia.

Camel City: Rosario

15 de mayo de 1971
(34 días antes del secuestro)

—Están deliciosos, Amapola. Igualitos a los que hacen en mi tierra —dices.

—Qué bueno que le gustaron, señorita, ahorita le sirvo otro —la señora te retira el plato, pasa un trapo por la barra. Luego se vuelve a la pelirroja—: ¿Usted no gusta otro taquito?

Harriet, cohibida, se vuelve a verte mientras mordisquea su pulgar izquierdo.

—Ella no habla español, Amapola.

—Pues por la cara que puso, ni falta le hace. Estoy segura de que sí quiere otro.

Observas unos segundos a Amapola y sus largas trenzas negras, luego miras a la gente que va y viene por los pasillos del mercado comprando cebollas, chiles, tamarindo. Caras morenas, cansadas y tristes, que sin embargo te hacen sentir bien porque te recuerdan a tu tierra. Al fondo se escucha una canción ranchera: *Mira cómo ando mi bien, muy dado a la borrachera y a la perdición...*

—¿Y dónde aprendió a hacer el chilorio? —preguntas—. No me diga que es de Sinaloa.

—No, señorita, yo soy de Guerrero. El que era de Culiacán era mi esposo. Él me enseñó. ¿No quiere probar los de moronga? ¡Anímese!

—No sé... —te muerdes el labio.

—Ándele, yo invito —Amapola se va, vuelve con dos tacos en un plato—: Uno para usted y otro para su amiga.

—Pero es que la sangre...

151

—La sangre es vida. Mire, sin ir más lejos, cuando un *baby* nace, el último chorrito que la mamá le pasa por la tripa es uno de los mejores alimentos que existen, por eso hay que esperarse hasta que la tripa esté bien escurrida, pa que el niño no se vuelva enfermizo.

La pelirroja observa intrigada, como intentando seguir el hilo de la plática. *What's going on*, te pregunta. Le pides que espere, bañas el taco de salsa. *Did you ask her?*, insiste Harriet.

—En realidad venimos por otra cosa, doña Amapola: ¿se acuerda cuando le pedí yerba del diablo?

—Cómo no.

—Pues ahora necesitamos un poquito de ruda.

—¿Ruda? —la mujer se detiene, envuelve las manos una en la otra—. ¿Ruda?

—Bueno, me dijeron que así se llama.

—Sí, así se llama —Amapola alza la voz, endurece el gesto—. Pero no soy tonta, yo sé para qué la quieren, ¿y saben qué? Que esta vez de plano no se va a poder, chamacas. Porque a mí esa planta me jodió la vida.

Camel City: Amapola

9 de enero de 1972,
15:24 h
(9 horas y 38 minutos antes del rescate)

—Estás jodida, *greaser*: el luminol indicó que en el piso de tu remolque hubo una gran mancha de sangre. Y encontramos esto.

Lansky levanta una bolsa que contiene un picahielo viejo, oxidado y manchado de sangre.

—¿Qué carajo le hiciste a la muchacha?

Amapola no dice nada. Sus ojos van del vestido al picahielo a la cara de Lansky.

—¡Responde! ¿Dónde está? ¿La mataste?

—Yo de eso no sé nada, señor.

—¿Y el vestido? ¿Y la sangre? ¿Y esto? —pregunta, mientras esgrime el punzón.

—Eso es para matar puercos.

—Ahórrate las mentiras, mexicana. Olvidas que en tu traila hallamos sangre humana cuyo tipo corresponde con el de la niña secuestrada. ¿Eso cómo lo explicas?

Lansky coloca otra bolsa frente a los ojos de la mujer. Contiene hojas secas, unas cuantas semillas y tres flores blancuzcas de bordes morados.

—¿Reconoces esto?

La mujer agacha la cabeza, murmura algo.

—¡Habla fuerte, carajo! —el hombre la toma del cabello, la jala hacia atrás.

—Le dicen yerba del diablo.

—Me tiene sin cuidado cómo le dicen —Lansky alza la voz—. Quiero saber para qué lo usabas. ¿Se lo echabas a la comida que vendías? ¿Lo usaste para dormir a la muchacha?

153

Amapola niega en silencio. Por un segundo, en la sala se escucha sólo el fuelle de su respiración atropellada. Desde más allá de los muros llega un grito, y la sospechosa se tapa la cara con las manos morenas, llenas de callos.

—De nada sirve que te hagas la fuerte, *greaser* —Lansky se acerca, la mira a los ojos—: Sabemos que tú les vendías ésta y otras porquerías a las alumnas del instituto. Así que acabemos con esto. ¿Dónde está la niña?

—¿Cuál niña? —solloza la mujer—. Le juro que no sé de qué me habla.

La mujer niega con la cabeza. Llora. Tiembla.

Lansky se mesa el cabello.

—Si usted me dejara contarle…

—Tus historias no me importan, *greaser*. Dime dónde está la chica.

—Es que lo de la chica tiene que ver con esto, señor.

El policía guarda silencio por un momento.

—A ver. Habla —dice, y da otro sorbo al café.

—Una tarde, allá por mayo, las niñas fueron a mi negocio buscando ruda.

—¿Ruda? ¿Qué es eso?

—Una planta, señor. No quise conseguírselas porque ya me imaginaba para qué la querían. Pero es una yerba peligrosa. Fue Felipa, una señora que llevaba ya muchos años trabajando en casa de mis patrones allá en México, quien me enseñó a utilizarla cuando quedé embarazada. Me aconsejó que me tomara un té de orégano y ruda, quesque así iba a echar al *baby* en caliente. Abortarlo, pues. Porque yo sí quería hijos, pero no del patrón. Soñaba con darle chamacos a mi esposo, pero él seguía lejos y pues esos milagros ni en la Biblia. Lloraba nomás de imaginarme cómo se pondría el Ramiro si volvía y me hallaba preñada. Babosa, qué arreglas llorando, lo que tienes que hacer es sacarte ese chamaco a la de ya, me dijo Felipa. Pero el té me cayó rete mal, no sé cómo no me morí, pues. Si vomitaba y me ponía enferma creía que Dios me estaba castigando porque no quería ser mamá. Tan mala me puse que la patrona se las malició y me puso como camote. ¡Amapola! ¡¿Qué no sabes que Dios castiga esas cosas?! ¡Lo que estás haciendo es pecado! Prométeme que no vas a matar a tu bebé. Que pase lo que pase, lo dejarás nacer. Tenía razón la patrona, yo intenté matar a mi *baby* y Dios me castigó por eso. Porque me agarraron unos dolores rete fuertes y desperté toda mojada, haga de cuenta como si me hubiera orinado en el colchón. Pero era sangre. Una sangre espesa, casi negra, que yo no conocía. En caliente me fui para el dispensario de las monjitas, quienes llamaron al doctor. Lo más feo es que sentí que el chamaco no se movía y allí sí me asusté, porque me di cuenta de que ni siquiera lo había visto, pero ya lo quería. Todo ese tiempo lo había querido porque al final era mío, mi futuro. Los patrones se miraban asustados, hasta me llevaron a que me viera un doctor particular que me dijo que no podía cargar nada ni agacharme ni hacer esfuerzos porque eso le estaba haciendo daño al niño. No, pos sí, le dije, nomás que me saque la lotería porque de otro modo me ponen de patitas en la calle. No digas eso, Amapola, te vamos a dejar descansar, dijo el patrón. Y hasta eso, cumplieron. La señora me dispensó la trapeada y me mandaba en su coche al mercado para que Tacho, el chofer, cargara las bolsas del mandado. Hasta me sentía un poquito patrona. A cambio me ponían a hacer hartas cosas: desde limpiar los cubiertos hasta remendar calcetines mientras la patrona me iba explicando cómo crecen los bebés en la barriga de sus mamás, cómo hay que hacer y qué comer para que se le vayan formando bien todas sus partecitas. Porque la verdad es que a esas alturas vivía yo con miedo de despertar otra vez con el colchón lleno de sangre. Soñaba que el bebé nacía y se parecía al Ramiro, que nomás aprendiera a caminar nos

155

jalábamos acá al gabacho a buscar a mi viejo para vivir los tres como una familia. Le prometía a san Juditas que si le permitía nacer a mi bebé yo iba a trabajar mucho para que nunca le faltara nada, y así toda barrigona parecía que ya la iba librando poquito a poco hasta la noche en que, faltando como mes y medio para el nacimiento, volvió a pasar: a media madrugada desperté mojada. Y que me voy corriendo con el doctor, y que me dice que tiene que hacerme una operación.

—Lo siento, Amapola —dijo el doctor cuando desperté—. Tu bebé nació muerto.

Hágame el chingado favor. ¿Qué es eso de nacer muerto? Ni que se pudiera hacer las dos cosas al mismo tiempo. O se nace y después se muere, o se lo carga a uno la chingada y ni llega a nacer. Perdóneme, pero así es. Sé que perder un hijo duele mucho, pero hay que imponerse porque ese dolor es nomás una preparación para los cabronazos que una como mamá tendría que soportar. Ojalá lo hubiera sabido entonces. Según el doctor, mi hijo no iba a vivir de todos modos. Si no me lo dejaba ver era porque me había nacido una especie de monstruo, todo deformadito. Mejor que no lo veas, Amapola, porque las mujeres que dan a luz algo así lo miran y se trauman, me dijo. Entonces nadie me sacó la idea de que me lo merecía, que Dios me había castigado quitándome ese angelito que meses antes yo había querido matar. Me dejaron dos días en el hospital, dizque para que no fuera a agarrar una infección, y cuando salí me sentía tan triste que agarré una borrachera de padre y señor mío. Andaba yo muy mal, para qué decirle otra cosa. No traía dinero y tampoco tenía dónde dormir pero pues qué importaba. Cuando regresé a la casa de los patrones la señora estaba tan enojada conmigo que no me dejó ni entrar a la casa. Habían echado mis poquitas cosas en una bolsa y órale, de patitas a la calle. Ni siquiera me lo dijo ella, sino Felipa. Lo primero que se me ocurrió fue venirme acá al gabacho a buscar a mi Ramiro. En La Garrapata había oído de muchas mujeres que se pasaban la frontera caminando y si ellas podían por qué yo no. Así que me armé de valor y que enfilo pa la central de autobuses. No llevaba dos cuadras cuando escuché que alguien me hablaba.

—¡Amapola!

No me hubiera dado tanto miedo ver al diablo. ¿Qué hacía el patrón siguiéndome?

—Felipa me avisó que estabas aquí. Me dijo que quieres irte al otro lado.

No sabía qué hacer, qué decirle.

—No puedes cruzar así —dijo mirándome—, estás muy débil.

Yo apestaba todavía a pura guácara y alcohol.

—Claro que voy a cruzar.

El señor estaba distinto. Algo raro se le veía en la mirada. Parecía pura lástima.

—Está bien, Amapola: si estás decidida, por lo menos déjame ayudarte. No sabes lo que es meterse en el desierto a pie.

En eso tenía razón, yo ni idea tenía.

—Además no hay necesidad de atrabancarse —me dijo—. Por eso vine a buscarte, porque me dicen que ahora sí el Ramiro va a mandar por ti.

—Ay, patrón, tantas veces me ha salido con ese cuento…

—Te manda esto como prueba —dijo, y sacó del bolsillo el san Juditas de plata que yo conocía bien, porque se lo había dado a mi marido para que le ayudara a la hora de la cruzada.

En los caminos del sur: Fabián

6 de mayo de 2017,
Chilpancingo, Guerrero

—Estás loca, Viury. Ese capítulo no existe.

—Claro que existe, papi. Lo que pasa es que, o no lees bien, o eres un mocho asustón. Pero de que la Maga se los traga, se los traga. Y un capítulo antes nos enteramos de que en algún momento se negó a abortar a Rocamadour, y comienza a lamentarlo…

—Estás inventando.

—Te juro que no, pues. La Maga traga.

—A ver, googléalo.

—Órale, pero después no te vayas a rajar.

Girando con cuidado para no voltear la hamaca, Viury se estiró y tomó su teléfono. Durante un instante sentí el contacto con sus pechos jóvenes, morenos. Ya con el celular en las manos se acostó otra vez. Yo me levanté con el pretexto de ir al baño, mientras ella fingía no darse cuenta de que la miraba. Disfrutaba cada vez más esos juegos previos al sexo en aquel caos de lavadoras, ropa sucia y olor a jabón. Me gustaba su cabello negro y largo, sus manos y sus pies ásperos, callosos, su carne morena, el imborrable murciélago de tinta en su clavícula. A sus veintitrés años rezumaba el encanto de la juventud: muslos recios, vientre plano, nalgas firmes a pesar de las estrías. Tomé mi celular y le saqué una foto. La comparé con Fernanda, quien casi le doblaba la edad. La doctora, como Viury la llamaba, se preocupaba porque el sol de Chilpo le estaba llenando la cara y las manos de manchas. La doctora, como Viury la llamaba, medía sus ciclos y sabía exactamente cuándo sus ovarios, si no eran mezquinos, estaban por liberar un

159

ovocito que atesoraba como si fuera el último. De haber estado más atento pude haber previsto la tragedia que se cocinaba, pero distraído por mis propios asuntos, ignoré las señales. Uno de aquellos indicios ocurrió un mediodía cuando, en el trayecto de dos cuadras que separaban nuestra casa de la facultad, Fernanda escuchó ruidos que provenían de un baldío. Alguien lloraba. Aunque a esa hora la avenida estaba llena de peatones —estudiantes, vendedores de comida, trabajadores—, nadie más parecía reparar en ese llanto. Como persistía, Fernanda se metió a hurgar entre los escombros y no tardó en hallar una bolsa de basura con cuatro gatitos pardos, flacos, cabezones. No entiendo cómo la gente puede hacer algo así, dijo horas más tarde mientras intentaba alimentar con un biberón al único sobreviviente, que llamó *Petite*. No te encariñes, le advertí yo, y sin embargo recuerdo a Fernanda dando vueltas en la sala con el bicho en brazos, y comprándole una cama, y tomándole fotos, y llevándolo a consulta los sábados en que no le tocaba subir al temazcal con Mamá Flor. Contra mis pronósticos, con los meses el enfermizo *Petite* se convirtió en un gato sano y ágil. Quizá no guardaría tan mal recuerdo de él de no ser porque una mañana, mientras me bañaba, palpé un súbito grano detrás de mi axila izquierda. Una especie de verruga que días antes no estaba allí. Era una garrapata repleta de sangre. Al contrario de lo que siempre imaginé, la picadura no dolía. Investigando en las redes me enteré de que la saliva de esos parásitos tiene un componente anestésico que vuelve insensible la zona donde se aferran a su huésped. ¿Dónde se me habría subido? ¿En la calle? ¿Con Viury? ¿O la había traído el gato?

La duda se despejó dos días más tarde, cuando Fernanda encontró otra garrapata trepando por el descansabrazos del sillón. Fue la voz de alerta que nos hizo ver que la cama de *Petite* estaba infestada de ellas. No tardamos en darnos cuenta de que esos mínimos vampiros estaban por todas partes: en el suelo, trepando por los muros, los muebles, incluso en las cortinas.

Porque, hablando de vampiros, Viury estaba convencida de que Julio Cortázar había sido uno. Con una paciencia insólita en ella, agotaba ensayos y biografías recolectando detalles que lo confirmaran. Supe así, por ejemplo, que el autor de *Rayuela* era alérgico al ajo, alimento que le provocaba unas migrañas terribles. Tampoco podía ser casualidad que su misteriosa muerte estuviera relacionada con la sangre. Porque, si bien la causa oficial de su deceso fue leucemia, un mal sanguíneo, hay quienes sostienen que su muerte se debió al sida, enfermedad que habría contraído en agosto de 1981, a raíz de una serie de transfusiones debidas a una hemorragia estomacal. Lo hospitalizaron y le hicieron una transfusión de varios litros de sangre que —según se supo luego en medio de un gran escándalo— estaba contaminada. «Me he convertido en un vampiro de verdad porque me han tenido que cambiar la sangre y la pobrecita Carol me tuvo que llevar al hospital más cercano», escribió en una carta el argentino a su amiga, la escritora uruguaya Cristina Peri Rossi.

—Aquí está —Viury se frotó las manos, volvió a tomar el teléfono y deslizó un dedo sobre la pantalla—. *Rayuela*, capítulo cinco: ...*sólo esa vez, excentrado como un matador mítico para quien matar es devolver el toro al mar y el mar al cielo, vejó a la Maga en una larga noche de la que poco hablaron luego, la hizo Pasifae, la dobló y la usó como a un adolescente, la conoció y le exigió las servidumbres de la más triste puta, la magnificó a constelación, la tuvo entre los brazos oliendo a sangre, le hizo beber el semen que corre por la boca como el desafío al Logos*... ¿ves, señor escritor? ¿Se los traga o no?

—Ni hablar —dije—: me trago mis palabras.

—Ah, no, papi. Te vas a tragar más que eso porque me está bajando.

Hablando con Viury comprendía que mi vida gris, clasemediera, había sido hasta entonces una pobre variación de tantas otras: familia, colegio, oficina y vacaciones. Mac o Windows, Honda o Mazda, Dylan o Cohen. Hablar con ella era comprender que había llegado a confundir *mi* realidad con *la* realidad. Era recordar que para millones de personas ésta no incluye seguridad social, tasas de interés o pasaportes. Tal vez por eso me asombró tanto encontrar un día, sobre su mesita, el formato DS-160 para solicitar una visa de estudiante. A dónde vas, le pregunté.

—A Texas. Pensé que ya lo sabías.

—¿Yo? ¿Por qué iba a saberlo?

—Porque fue idea de la doctora. Me consiguió una estancia en no sé qué universidad de Texas. Quiere que revise la correspondencia entre Cortázar y García Márquez.

—Austin, los archivos del Gabo están allá. Por cierto, también los de José Revueltas.

—¿Ya ves cómo tengo razón, papi? Los gringos se llevan todo.

—No chingues, Negra. A cualquier escritor le gustaría que sus archivos llegaran allá: los clasifican, los difunden, los preservan.

—Los preservan... no sé, suena a momias rellenas de aserrín.

—En fin, ¿cuándo te irías?

—Si me dan la visa, el próximo semestre.

¿Era una estrategia de Fernanda para alejarla de mí? Pudiera ser que, por medio de alguien, quizá por un desliz de la propia Viury, mi esposa sospechara lo que su alumna y yo nos traíamos. O quizá Mamá Flor lo había descubierto y lo había comentado con Fernanda. Lo cierto es que poco a poco, pero de manera perceptible, nuestra vida se había convertido en la guerra fría. Recelos y sospechas. Los únicos días en que teníamos sexo eran cuando ella estaba en su período de máxima fertilidad. Incluso entonces ella me reclamaba mi falta de entusiasmo. A veces, mientras desayunábamos o comíamos, Fer me miraba como queriendo decirme algo. Reclamarme algo. Al principio pensé que era mi sentimiento de culpa, pero con el tiempo me di cuenta de que ella arrastraba la conversación hacia el tema.

Una noche, al salir de bañarme, descubrí a Fernanda revisando el perfil de Facebook de su alumna. Miraba una foto en la que Viury aparecía con un vestido púrpura con un escote que dejaba su tatuaje al descubierto. Tomaba gomichelas con otras dos muchachas en algún antro, antes o después de un concierto metalero. El lipstick negro y el rímel le daban cierto atractivo porque acentuaban sus ojeras.

—Dime una cosa —me encaró Fernanda—: ¿te parece bonita?

Camel City: el agente Lansky

3 de noviembre de 1971
(día 138 del secuestro)

Un lunes por la mañana apareció en la comandancia una mujer negra que, angustiada, iba y venía por los pasillos preguntando con quién puedo levantar una denuncia por la desaparición de mi esposo que lleva dos días sin llegar a la casa. Usaba unas arracadas enormes y doradas. Así, mostrándole una foto del sujeto perdido a quien quiso verla, fue como terminó en mi escritorio. La cara y el nombre del ausente me resultaron conocidos: Albert Howells —treinta y un años, estudiante de Derecho, casado— llevaba desaparecido desde el sábado 30 de octubre, cuando salió de la casa donde vivía con su esposa, cuyo nombre era Zania. La pareja vivía en el 232 de la calle Cloverfield, en Happy Hill. La tarde en que desapareció, Howells había dicho que iba a la universidad. Pero el tipo no regresó ni esa mañana ni la siguiente. Preguntando, la mujer supo que su esposo no había llegado a clases.

Le pedí a Mrs. Howells que me permitiera inspeccionar su casa. Para mi sorpresa, accedió. De pronto la vida me daba la oportunidad de husmear entre las pertenencias del bastardo que semanas antes había invadido mi patio. Quizá sea demasiado llamar casa a aquel cuchitril de dos habitaciones. Comencé por la recámara: dominaba el espacio un gastado colchón sin base. Sobre una caja que hacía de buró se levantaba una pila de acetatos además de una torre de cuadernos y libros: la *Autobiografía* de Malcolm X, *Blood in My Eye* de George Jackson, *The Confessions of Nat Turner*. Repasé uno por uno los discos y entre las fundas de los álbumes cayeron las primeras pistas. Luego le pedí que me dejara examinar la cocina.

—Mmmmh… Mire, señora, si yo fuera usted me pondría a preparar una buena olla de gumbo. Le apuesto que su marido regresa de un momento a otro.

—Oficial, dígame la verdad.

—¿Y cuál es esa verdad según usted?

—Que no quiere buscarlo.

—Mrs. Howells, los dos sabemos la clase de cosas a las que su esposo se dedica. Sin ir más lejos, hace poco yo mismo lo encerré sesenta días por robo y daños en propiedad ajena.

Luego le expliqué mis razonamientos. Lo primero que hice fue cruzar el horario de clases de su esposo con las libretas que tenía junto a la cama. No faltaba ninguna. Era obvio que desde que salió, Howells tenía en mente un destino distinto a la universidad. Acto seguido mostré lo que había hallado al revisar entre los acetatos: siete boletas donde constaba que, a razón de uno por mes, el tipo había empeñado varios objetos, desde un reloj y un radio de transistores hasta una cadena de oro. La evidencia lo perfilaba como un vulgar ladrón. Las boletas eran siete porque el último mes Howells había empeñado, además de una máquina de escribir, dos anillos y una cadena de oro.

La cara de la mujer se descompuso. Corrió a su cuarto, volvió con una cajita vacía.

—Ay, oficial, tiene razón: los anillos eran míos.

—Hagamos una cosa —añadí, ya casi en la puerta—: si en dos días no regresa, avíseme. Pero despreocúpese: yo sé que volverá, y entonces tendrá que explicar de dónde se robó todas las cosas que ha empeñado. Así que hágale un favor y no arme tanto alboroto, porque de otro modo lo tendré que encerrar otra vez. ¿De acuerdo?

Cualquier investigador sabe que en muchas pesquisas el desaparecido regresa por propia voluntad. El problema es que, una vez echada a rodar la bola de nieve, a los parientes les da vergüenza pedir que la búsqueda se suspenda. Así ocurrió con Howells. Bastó una breve visita a la calle Cloverfield, cuatro días después, para que, apenada, la mujer confirmara que su esposo había vuelto.

Por la razón o la fuerza: el profesor Ayala

16 de marzo de 1973,
Culiacán, Sinaloa
(677 días antes de la fuga)

—¿Sabes qué es lo que me parece más extraño, Bernardo? Que las constelaciones no existen; las figuras se forman cuando nuestra mente juega a unir los puntos según lo que conoce.

Rosario sigue con la vista clavada en el cielo. Desde el mirador de La Lomita, escudriña las estrellas acostada en el asiento trasero del convertible, mientras tú, sentado y fumando, intentas descifrar otras luces que están abajo, a ras de suelo. Observas, por ejemplo, la hilera de farolas que parten del cerro e indican por dónde va pasando la Obregón. A la izquierda distingues la colonia Guadalupe. Y aunque no alcanzas a ver el Tamazula, puedes sentirlo en ese laberinto oscuro, húmedo y salpicado de palmeras. Tienen suerte, el aire huele a tierra recién llovida y el cielo se ha despejado. No hay nadie más aquí.

—Desde la Tierra vemos osos y cangrejos —sigue Rosario, mientras arma un cigarro de yerba, lo moja con la lengua—: ¿De qué constelaciones desconocidas formaremos parte nosotros?

—Depende de quién mire y desde dónde.

—Exacto. A veces creo que todo es así —insiste—. Actuamos como si todo tuviera relación con todo. Buscamos sentido a hechos que no lo tienen. Por ejemplo: un equipo de rugby colegial aborda un avión. En ese momento ninguno de los pasajeros sabe que el aparato se va a caer, ni que durante las siguientes semanas los sobrevivientes tendrán que pelear contra la cordillera y alimentarse con la carne de sus amigos muertos. ¿Hay alguna enseñanza en todo eso?

—Ay, Chayo, tú siempre tan extrema.

—Lo extremo es la vida, Bernardo, no yo. Pero insisto: lo es sólo en la medida de nuestra perspectiva y nuestra resistencia al cambio. Para el universo, que una galaxia reviente no tiene ningún significado —hace una pausa para encender el cigarro—. Pero si prefieres que sea mesurada podemos escoger otro tipo de constelaciones, por ejemplo: a toda la gente que está leyendo al mismo tiempo a Meister Eckhart, o los cuatrocientos mil locos que fueron a Woodstock. ¿Sabes que Harriet estuvo allí cuando tocó Santana?

—¿Tu amiga? ¿La que se suicidó?

—Sí, aunque la versión oficial es que sus secuestradores, yo entre ellos, la matamos porque su familia no pagó el rescate. ¿A quién se le ocurre pedir doscientos millones de dólares?

—Pobre niña rica.

—No te burles —Rosario hace una pausa, vuelve a fumar—. Aún no acabo de comprender cómo es que terminé involucrada en eso. Fue terrible. De los meses que pasé en el psiquiátrico aprendí que eso que llamamos realidad es sólo una frágil construcción de nuestra mente, como las constelaciones.

—Huecas o no, más de un marino ha podido volver a casa gracias a ellas.

—Y más de una virgen fue sacrificada —dice Rosario.

—Por suerte tú ya no lo eres…

Deslizas la mano bajo el vestido de retazos. Intentas quitarle esos calzones de lacitos que la hacen parecer adolescente.

—Quieto, sátiro —sin despegar la vista del cielo; aspira otra vez el churro. Luego te besa y sientes cómo el humo pasa a tus pulmones.

—Se siente rico, ¿no? En el instituto le llamábamos *shotgun*.

Carajo, si hace tres meses te hubieran dicho que estarías besándote y fumado mota con esta muchacha en el asiento trasero del Impala, no lo hubieras creído. Pero desde que aceptaste promover un juicio de amparo en favor de Clemente, Rosario es otra. Ha bajado sus defensas, incluso se ha puesto al corriente con sus materias en la facultad. Sigue tomando barbitúricos, eso sí, y no ha dejado de ir a terapia. El caso de Clemente permanece congelado: sin careos ni desahogo de pruebas, no hay posibilidad de liberarlo por la vía jurídica. El amparo, como imaginabas, fue ignorado por las autoridades. Denunciaste que lo habían torturado, que su arresto había sido ilegal, que no había sido presentado en el plazo que marcaba la ley, pero no pasó nada. Vamos, ni siquiera has podido ver al juez y eso que has viajado dos veces a la capital. La paradoja es que esos intentos te han acercado a la muchacha. Ya lo decía el padre Farías: los caminos del señor son misteriosos.

Es viernes y, aprovechando que los padres de Chayo están de viaje, hoy pueden pasar más tiempo juntos. Comenzabas a fastidiarte de esos encuentros furtivos en la biblioteca donde ni tú ni ella pueden abandonar su respectivo papel: el maestro venerable que asesora a una muchacha veintidós años menor. En todos estos meses su contacto se ha limitado a besuqueos escondidos entre las estanterías. Hoy la historia ha sido otra. Por sugerencia de ella fueron al rústico cine que los jesuitas tienen junto al templo de San José. Sería difícil que allí se toparan con alguien conocido. Proyectaban *Doctor Zhivago*. Aunque Rosario dijo que la película le parecía burda propaganda yanqui, viste cómo se tallaba los ojos en la escena donde Lara marcha hacia la frontera mientras Yuri la mira alejarse: prefiere perder a su amada que abandonar su patria. Nadie sabe para quién trabaja: no te vino mal la diferencia de edades entre Omar Sharif y Julie Christie.

—Vamos a tu casa, Bernardo —te dijo al salir—. Quiero estar contigo.

Primero dijiste que sí pero después vinieron a tu cabeza las paredes percudidas, los muebles baratos. Ella se daría cuenta de que el espacio donde vives, eso que llamas departamento, es un miserable cuarto de azotea. No, no podías llevarla allí. Argumentaste que no tardaría en llover, que tu casa estaba lejos y tenían que guarecerse cuanto antes. Conozco un hotel aquí cerca.

—Ay, no. Un hotel no.

—Un hotel, mi casa, da lo mismo mientras estemos juntos —reviraste.

—Para ti sí, pero no para mí —te dijo ella al oído—. Dame el gusto de conocer tu casa, tu cama. Tu espacio.

Se quedaron en silencio por un instante.

—¿Sabes, Ayala? Creo que mi prima Paula tiene razón —dijo triste, molesta—: Dice que eres casado.

—¿Cómo voy a ser casado, Chayo? ¿Crees que si lo fuera estaría contigo un viernes por la noche?

—Podrías inventarle a tu esposa que tienes un viaje de trabajo. He escuchado un millón de veces esa historia.

—Te prometo que iremos a mi casa antes de que termine el año.

—Lo dices para ganar tiempo. Anda, llévame.

Uno, cinco, muchos goterones acribillaron las baldosas del parque Constitución, y un relámpago apresuró sus regateos. Ni tú ni yo, Chayito. ¿Qué tal si vamos en tu carro a La Lomita? El viento arreciaba y te quitaste el saco para cedérselo. En su rostro apareció media sonrisa.

Camel City: Rosario

19 de diciembre de 1971
(día 184 del secuestro)

Algunas cartas no dicen nada y otras lo cambian todo. Las últimas son menos frecuentes, pero las recordamos toda la vida. Hoy, entre un cerro de propaganda navideña, encuentras en tu buzón dos de esos mensajes. Una carta y un telegrama.

Estabas contenta al momento de meter la llave en la chapa de tu casillero pues ayer, contra todos los pronósticos, evitaste el extraordinario con Miss Henderson. Te emocionaba la idea de no volver a estar en clase con esa loca. Nunca más.

Quizá porque se trata de la última sesión, la maestra hizo de la entrega de calificaciones una especie de ritual. Tus compañeras entraban al salón una a la vez, de modo que cada una pudo negociar su puntaje con Miss Henderson mientras el resto de sus compañeras aguardaba en el pasillo. ¿Está de acuerdo con su nota?, le preguntaba a cada una. Con algunas hasta se permitió bromas.

—Estará de acuerdo en que su ensayo final es mediocre, Navarro —dijo al tiempo que te entregaba cuatro hojas engrapadas, en la primera una C garrapateada con crayón rojo—. Pero como veo que se esforzó, y supongo que quiere ver a su familia…

—Sí, Miss —respondiste mientras observabas cómo la mujer llenaba con una B la casilla correspondiente en la lista. Estabas a punto de agregar un muchas gracias, pero te reprimiste: no se lo merecía. (Grandísima cabrona, ojalá te atragantes con el puto pavo de Navidad.)

—Pues eso es todo —dijo la decana—. Dígale a la siguiente que pase.

173

—Sí, Miss.

—¡Navarro! —volvió a hablarte la maestra cuando estabas a punto de salir. Al volverte, viste que la mujer parpadeaba.

—Fe-liz-fies-tas —deseó en pésimo español.

(No le respondas, bruta. Que se joda.)

El camino a unas vacaciones en Culiacán parecía despejado. Aunque soplaba un viento frío, te pareció un día estupendo para pasear. En los postes, los pocos carteles que quedaban con la foto de Harriet Byrd se habían vuelto amarillos. Te entristeció pensar que también en la memoria de la ciudad su recuerdo comenzaba a diluirse: un día antes la pecosa había cumplido seis meses secuestrada y en el instituto nadie dijo nada. Atareada con los exámenes finales, tú también lo olvidaste. Lejos habían quedado las noches en que las compañeras se desvelaban tratando de entender qué había pasado, barajando teorías, intentando recordar algún detalle que diera pistas sobre quién se había llevado a la pelirroja. Ya ni siquiera se mencionaba la amenaza de bomba con que tres meses antes había cerrado su última grabación y que había sumido a la ciudad en un estado de psicosis. Fue como si toda Camel City hubiese contenido la respiración al mismo tiempo. La primera medida había sido suspender cualquier actividad multitudinaria: teatros, cines, servicios religiosos. La vida en *stand by*. Deshechos, los Byrd insistían en que su hija era incapaz de algo así, seguramente su secuestrador la había forzado a leer ante la grabadora aquella amenaza. Por la radio, los padres aseguraban a la muchacha que la querían y que seguirían haciendo esfuerzos por rescatarla. A la campaña se sumaron obispos de varias iglesias, quienes enviaron mensajes exhortando al secuestrador a buscar una salida conciliatoria. Poco a poco la tensión se había ido diluyendo. Comenzaban a celebrarse otra vez partidos de futbol, conciertos, habían reabierto el Hanes Mall y los mercados, incluso el de Waughtown, a donde regresas de cuando en cuando a comer en la fonda de Amapola. Por un momento pensaste en invitar a Thana a desayunar tacos de moronga, pero desechaste el plan porque en cosa de días estarías en Culiacán.

Reparaste de pronto en los motivos navideños que adornaban las fachadas de Old Salem: bastones de caramelo, hojas de muérdago, luces de colores, ángeles con cuerpos de papel y cabecitas rubias de vidrio soplado. Pasaste el resto del día en Hanes Mall, donde compraste un kit nuevo de costura para ti, unos cubos para el Bodoque, una agenda para papá y un reloj de Cartier para Ana María, a ver si por fin te perdonaba. Sí, aprovecharías las vacaciones para hablar con ella y ganarte de nuevo su confianza. Te sentías como si hubieras pasado meses manoteando en la niebla y de pronto el horizonte se hubiera despejado. Te sentías ligera, incluso contenta. Hasta que abriste el buzón y hallaste, entre un manojo de folletos, la carta y el telegrama.

Abres primero el telegrama con membrete de urgente. Te toma unos segundos descifrar las dieciocho palabras que te arrastran de regreso a tierra de nadie:

> *Querida princesa. Stop. Cambio de planes. Stop. Aquí epidemia varicela, Bodoque enfermo. Stop. Si doctor aprueba, salgo allá día veintiséis. Stop. Abrazos. Stop.*

Mientras caminas por el pasillo, las frases se repiten en tu cabeza: cambio de planes, varicela, Bodoque enfermo. Necesitas llamar. Apenas entras en el dormitorio tomas el aparato, jalas el cable, te tumbas en la cama. Nerviosa, giras el disco y dictas el número a la operadora. ¿Cómo debes sentirte? ¿Enojada, preocupada?

Luego de ocho, nueve timbrazos, la operadora pregunta si deseas intentar otro número. A papá no le gusta que le llamen a la oficina aunque, por otro lado, un telegrama no es la forma de decirte que... ¿Habrá empeorado el Bodoque? ¿Habrán tenido que llevarlo al hospital? (Tranquila, tonta, estás empezando a hiperventilar. Respira hondo.) Entonces te das cuenta de que está abierta la puerta que da al dormitorio de la pelirroja. Basta asomarte para confirmar que ya no están los sellos, que se han llevado sus libros, sus cuadernos, hasta las postales que tu compañera había fijado en su tablero de corcho. ¿Será que los papás de Hattie se dieron por vencidos?

Recuerdas entonces el otro sobre... ¿dónde lo dejaste? Con el enojo que te causó el telegrama debiste olvidarlo en el buzón. Sales y allí está, grande con las franjas rojas y azules del correo aéreo, pero sin timbres postales. Tiene tus iniciales en el centro. Rasgas la envoltura y sólo encuentras un patrón para coser un vestido. Un hermoso vestido corte imperio.

En los caminos del sur: Fabián

20 de mayo de 2017,
Chilpancingo, Guerrero

Viury, oscuridad de mi vida. Muerte de mis entrañas. Coger con ella era la novedad constante. Por ejemplo, antes de conocerla nunca lo había hecho en una hamaca. Vamos, ni siquiera había dormido en una. Me parecía difícil.

—Al contrario, papi —me dijo ella—, la hamaca es mejor que un colchón: más fresca, más barata y más fácil de transportar. Hasta para los bebés: duermen mejor porque el movimiento les recuerda cuando andaban en la pancita de su mamá, pues.

Y allí voy, inseguro al principio y después un poco más hábil, a coger con Viury encima de una hamaca. Si no lo han hecho, de lo que se han perdido. Hay más movimiento, el cuerpo pesa menos. Recuerdo sus piernas abiertas, su panochita húmeda y depilada. Viury. Pequeñita y morena, uno de sus mayores atractivos era que nada le daba vergüenza.

—Vergüenza es robar y que te cachen.

Uno de aquellos sábados me retó a que le metiera una pelota de golf en la vagina. Recuerdo la sensación de abrir sus labios mayores y empujar la esferita hasta hundirla. ¿Otra?, preguntó mientras se acomodaba en la hamaca. Al final logré meterle tres.

—Plátanos, zanahorias, pepinos y hasta un mango, papi. Me cabe de todo.

Otro día, apoyada en la hamaca, insistió en que le metiera la mano. Hasta el fondo. Yo trataba de ponerme a la altura, de modo que para diciembre habíamos hecho anal, lluvia dorada, besos blancos y negros. Cuando me ganó la apuesta sobre el capítulo de *Rayuela* donde la Maga se bebe el semen de Oliveira, hice por primera vez un beso rojo. Me gustó que se viniera, incluso disfruté el sabor ferroso de su sangre.

—Ya nos perdimos el asco, ¿ves? —dijo entre risas—. Quién quita y te vuelves vampiro.

Nunca quiso decirme dónde y cómo había aprendido todo eso. Muchas veces me he preguntado cómo es que, habiendo entre nosotros tantos vacíos, logró meterse en mi vida tan a fondo. La única respuesta que encuentro es que su habilidad estribaba justo en disimular esos vacíos.

Meses después, cuando al fin fue inevitable poner el tema Viury sobre la mesa, Fernanda se refirió a ella como la putipobre. Dijo que así le apodaban en los pasillos de la facultad. Googleando me enteré de que el término proviene de una moda que invade las redes. Encontré diez, cien, quinientas Viurys. Muchachas que se toman fotos desnudas, sin maquillaje ni accesorios, en la triste luz de sus barrios. Hay a quienes les excita la jodidez sin filtros: paredes sucias o despintadas, muebles baratos, pisos de tierra o de cemento. Pero tenía razón Fernanda. Hoy que vuelvo a ver la foto de Viury reparo en cosas que entonces no advertí: la hamaca, las grietas y las manchas, los montones de ropa sucia y desordenada. Quién sabe, a lo mejor eso me atrajo de Viury. Como muchas cosas en Chilpancingo, la muchacha tenía un tufo agrio que en el fondo me hacía sentir cómodo. Porque mientras viví en la Ciudad de México, el desahuciado fui yo. Sin dinero y sin título universitario, me sentía condenado a ser esa carne de cañón que hace andar los periódicos. Allá, en cambio, era yo el señor periodista. El escritor que daba talleres aunque llevara años escribiendo una novela sin terminarla. Incluso me invitaban a ser jurado en premios locales, a prologar plaquetas de cuentistas en los que muchas veces y en secreto reconocí más oficio y más talento que en los míos. Lejos de halagarme, esas invitaciones me hacían sentir un impostor. No me importaba. Eran una raya más al tigre.

Otras veces me convencía de lo contrario. Luego de leer y releer las confesiones que Eldridge Cleaver —activista político y líder del movimiento Black Panther— escribió en prisión, no me quedaba a mí sino ese camino. Al admitir que estaba enamorado de su abogada blanca, el líder negro comenzó en la cárcel de San Quintín un camino de expiación que le llevó a reconocer que el racista más cercano era él mismo. Tal vez a mí me pasaba lo mismo. Sentía que estaba con Fernanda por un inconsciente afán de ascenso social. Una fábula de superación de autoconsumo: prieto del norte se casa con güerita afrancesada. Como Cleaver, aprendí a admirar a las mujeres de color, pero pronto me di cuenta de que la mayoría silenciada que podía y debía reivindicar era la gente morena, mestiza como yo. Y como Viury, a quien, por cierto, seguía viendo una o dos veces por semana.

—Hey, papi, escucha esta rola —me decía, tumbada en la hamaca—. Habla de cómo el gobierno gringo volvió adictos a miles de muchachos enlistados en el ejército y se convirtió así en un gran titiritero. Se llama «Master of Puppets». Cuando salió el disco, Vietnam era una herida muy reciente y la crisis del crack estaba en su apogeo.

—Caray, Negra, veo que estás muy informada.

—Aunque no lo creas, es un asunto que nos toca porque aquí vivimos el revés de la trama. ¿De dónde crees que sacan los gringos toda esa droga? Lo que allá consumen tiene que producirse en algún lado, y aquí nos sacamos el tigre de la rifa. Mamá Flor dice que por eso se terminó aquí el *boom* del café, porque necesitaban que plantáramos amapola. Ella vio los helicópteros gringos volando de noche por encima de los cultivos, soltando la roya.

—¿Qué es eso?

—¿La roya? Es una plaga que jode las plantas de café. Soltarla fue una manera de fumigarnos, de chingarnos para obligar a toda la región a cultivar lo que ellos necesitan. Los hilos del titiritero llegan mucho más lejos de lo que parece. Y hablando de amapolas, ¿sabías tú que ése es el verdadero nombre de Mamá Flor?

—¿Amapola?

—Sí. Pero no le gusta que le digan así. Dice que esa flor le ha traído a su pueblo sólo desgracias.

Camel City: el agente Lansky

9 de enero de 1972
(13 horas antes del rescate)

—Usted no es quien dice ser —me dijo la muchacha sin dejar de pasar el trapo por la barra—. Pero no me extraña. Aquí nadie lo es.

La chica, de unos veinticinco años, llevaba un lápiz de labios fucsia al que no debía estar muy acostumbrada, pues sus dientes grandes y blancos exhibían manchas del mismo color. La mesa contigua estaba ocupada por cinco o seis muchachos que armaban alboroto enfrascados en una partida de dominó.

Era una idea desesperada: acaso para hallar al secuestrador de la chica tenía que partir de lo básico: a los secuestradores les preocupaban los adictos porque ellos mismos lo eran, y en ese tiempo en Camel City no había muchos lugares donde comprar mugrero. Uno de ellos era el *Bobby's*, un bar de mala muerte en la zona más oscura de Happy Hill. Por supuesto, a esa hora y en ese lugar un policía no duraría quince minutos. Pero siempre hay manera, dije recordando la frase favorita del viejo Byrd. Pensé que un blanco adinerado y con ganas de nuevas experiencias tendría más oportunidad que un poli. No me equivoqué. Si bien en la barra se levantaron algunas cejas, comprendí que sería tolerado siempre y cuando trajera con qué pagar.

Llevaba tres bourbon al hilo. Aunque lo había imaginado como una misión kamikaze, de pronto, ya instalado en la barra, me encontré con que me sentía casi bien. Alguien fumaba yerba en la penumbra, una bola de espejos me escupía en la cara luces multicolores y en la esquina una rocola tocaba «Midnight Train to Georgia».

Me armé de valor y le dije a la muchacha que andaba buscando heroína.

—Aquí no vendemos eso.

—Me dijeron que sí —insistí—. Y puedo pagar bien.

—Le dijeron mal —respondió la chica, borrando de la barra una mancha imaginaria.

Tal vez la mancha estaba en su memoria. O acaso era a mí a quien quería borrar. Fue entonces cuando me dijo que yo no era quien decía ser, pero que no tenía importancia, porque en estos tiempos nadie lo era.

—¿Ah, sí? ¿Y quién soy, según tú?

—Un policía —dijo sin levantar la mirada.

Un silencio incómodo se hizo entre los que jugaban dominó, y entonces me di cuenta de que la rocola se había callado. Dejé sobre la barra un billete de diez dólares y salí. Volando en el viento, algunas hojuelas de nieve presagiaban la tormenta. Los clientes de la única mesa ocupada salieron detrás de mí. Podía ser que se tratara de una coincidencia o podía que no. Doblé la esquina y ellos siguieron de largo. Comencé a caminar hacia el cuartel mientras respiraba el aire frío.

Media hora más tarde regresaba a casa en la patrulla cuando vi a la mujer. Esperaba el cambio de semáforo en el cruce peatonal de Patterson y Fairfield. A decir verdad, no reparé tanto en ella como en el paquete que cargaba: un bulto de periódicos que en la base tenía una enorme mancha marrón. Parecía sangre. La mujer, morena y de baja estatura, llevaba el cabello recogido en dos larguísimas trenzas. Noté su nerviosismo apenas vio la patrulla. Me propuse no perderla de vista. No era difícil advertir que, de reojo, también ella me miraba. En cuanto el semáforo cambió, comenzó a caminar. Dejé que se adelantara, pero no demasiado. Después fui tras ella: tenía que averiguar qué contenía el paquete. La sospechosa entró entonces al estacionamiento de Chestnut.

Por los años que pasé en la sección de parquímetros sabía yo que ese sitio tiene sólo una salida, así que únicamente tuve que rodear para interceptarla.

La mujer intentó entonces una maniobra desesperada: volvió sobre sus pasos y al llegar a la avenida comenzó a caminar en sentido contrario al de los coches. Tuve que bajarme de la patrulla y correr tras ella. Entró en el parqueadero de remolques viejos de Lexington y Spruce. Le di alcance cuando estaba por entrar en una desvencijada traila.

—¡Alto! —saqué mi arma—. ¡Lentamente, ponga el paquete en el piso y suba las manos! ¿Qué lleva allí?

Se detuvo. Toda ella temblaba.

—¡Ponga el paquete en el piso y suba las manos! —repetí.

Cuando soltó el bulto, una enorme cabeza de cerdo rodó por el suelo.

—Por favor, señor, no dispare —dijo en español.

Comprendí que la inmigrante no hablaba inglés. No me fue difícil adivinar que aquel miserable remolque era su casa. Pero entonces vi un elemento que resaltaba en ese sitio como un diamante en un plato de frijoles: en un tendedero, en plena noche, húmedo todavía, flotaba un vestido hecho con retazos de colores. Parecía la prenda que, según testigos, utilizaba la chica la noche en que desapareció.

Por la razón o la fuerza: el profesor Ayala

16 de marzo de 1974,
Culiacán, Sinaloa
(1 año, 10 meses y 6 días antes de la fuga)

—Fue con una muchacha que conocí cuando estaba en el seminario. Ella debía tener unos dieciséis años, yo veintiuno. Y para ser sincero, fue terrible.

—Pensé que al seminario no entraban mujeres.

—Claro, Chayo, no fue adentro. Ella trabajaba con su mamá, que tenía un puesto de frutas y verduras en el mercado de Parras. Donaban al seminario la mercancía que estaba a punto de pasarse: tomates, plátanos, melones. La señora llamaba al padre superior y él mandaba a uno o dos de nosotros a recoger la mercancía, que ese mismo día cocinaban en el refectorio. A veces me tocaba ir por las cajas. Una mañana fui por un huacal de calabacitas y me encontré con que la mujer no estaba, pero había dejado a su hija a cargo. Juana, se llamaba. Juana Torres. Un poco gordita, cabello negro y recogido, una sonrisa en una cara llena de espinillas. Me pidió que le ayudara a bajar un costal de naranjas de la bodega. Ni siquiera me dio chance de reaccionar: apenas entramos quiso sacarme el fajín de la sotana.

—Cálmate, galán —se burla Rosario desnuda sobre tu cama—. Seguro fuiste tú quien se le echó encima.

—No, te lo juro que no. Ella empezó. Y además fue al grano: me dijo que quería hacerlo conmigo. Ni siquiera pude responderle, sólo la dejé hacer. Me quitó el fajín, siguió con la sotana. Caras vemos calzones no sabemos, dijo festejando que usaba yo unos bóxers de abuelito que no alcanzaban a disimular mi erección a pesar del susto. Juana empezó a masturbarme con las dos manos. Recuerdo que la bodega estaba oscura y olía a ajos, pero, con todo, para mí fue una experiencia. Pasó lo inevitable.

—Te enamoraste de ella.

—Me enculé, que es distinto. Aunque tampoco sabía eso.

—¿Y la querías?

—En ese momento, no. Pero andaba de laudes a completas pensando en ella. Tampoco creas que era un asunto tan sencillo: por un lado, fantaseaba; por otro, tenía sentimientos de culpa. A lo mejor por eso no se lo conté a ninguno de mis compañeros, que en ese renglón estaban mucho más correteados que yo. Los sábados nos tocaba ir a evangelizar a los pueblitos cercanos a Parras: Huariche, Porvenir de Jalapa, General Cepeda. Íbamos a dar catecismo, a acarrear piedra para la construcción del templo, a enseñar a leer y a escribir a los analfabetos. Por la tarde, ya de regreso en Parras, el padre Farías nos daba permiso de ir al Estanque de la Luz a nadar un rato. El caso es que en lugar de ir a nadar me fui al mercado vestido de civil y con un estúpido ramo de margaritas en las manos. Era tan optimista que incluso me compré una trusa negra y me la puse. Le pedí a Juana permiso para acompañarla a su casa. Nunca olvidaré su cara.

—¿Se sorprendió?

—Se botó de la risa.

—¿Y la acompañaste?

—No. Me dijo que me olvidara de ella. Tú ya no eres de este mundo, me dijo, tú tienes que ser un hombre de Dios. Salió peor, porque el rechazo terminó de engancharme. Me impuse penitencias para domesticar el cuerpo: me marcaba con un tenedor al rojo vivo, me hincaba sobre espinas, ayunaba. Estaba confundido, hecho un pendejo.

»Regresé tres, cuatro, cinco sábados a verla, siempre con el mismo resultado. Juana no era grosera, aunque

186

tampoco me daba entrada, y yo no alcanzaba a comprender por qué su ímpetu se había vuelto indiferencia. Hasta que una tarde, como a los dos meses de rondar el mercado, Juana me tomó de la mano y me llevó a la bodega. Jamás sentí un terror tan dulce: me preocupaba no estar a la altura, pero me dejé guiar hasta un rincón donde desplegó un catre. Se desvistió sin dejar de verme. ¿Qué esperas, no es lo que querías? Ándale. Fue ella quien actuó, quien propuso, quien marcó la pauta para un sexo que entonces me pareció fantástico y hoy sé desabrido. Entonces le dije que la amaba. Que quería casarme con ella, pasar la vida vendiendo sandías, calabacitas, rábanos.

—Obvio no aceptó —Rosario hurga en su bolso, busca otro cigarro de yerba—. ¿O sí? ¿Eres casado, sátiro? ¿Divorciado?

—Lo que haya dicho ella es lo de menos. Lo importante es lo que no me dijo y que supe después. Te lo diré rápido y mal: era un secreto a voces en el pueblo que Juana cogía con todo aquel que le pagara: con los tenderos del mercado, con los clientes, con los alumnos del seminario. Justo ellos, mis compañeros, le habían pagado para que me estrenara antes de ordenarme cura. Imagínate la vergüenza que sentí cuando me enteré por el padre superior que mis asedios a la muchacha eran motivo de chiste para todos. Al calor del momento, le juré al padre Farías que enmendaría el camino, que no volvería a verla, que abrazaría mi vocación con más fervor. Pero esa misma tarde, sin decirle nada a nadie, dejé el seminario y el pueblo. Desde entonces no he vuelto.

Rosario guarda silencio. Sus ojos te observan.

—Como verás, Chayo, no es la mejor forma de estrenarse.

Vuelves a acostarte junto ella. Hace unos momentos, mientras la desnudabas, quisiste acariciar la cicatriz de su cuello, oculta bajo la eterna pañoleta. Ella no lo permitió. Por el borde carnoso supones que la herida no es tan vieja. No parece el tajo limpio de una operación, sino el producto de un accidente o quizá la secuela de alguna riña.

—¿Fue Clemente?

—No —retira tu mano—. Fui yo misma. Y también me hice éstas.

Rosario deja el cigarro en el cenicero y luego, una a una, se quita las pulseras. Tres, cuatro cicatrices verticales rasgan sus muñecas.

—Me las hice tratando de escaparme del psiquiátrico. Hay cosas de mí que no sabes, Bernardo. Imagínate, pasar meses encerrada y no recordar nada, o casi nada. Papá insiste en que era eso o la cárcel. Es la verdadera razón por la que estoy en terapia, por la que tomo sedantes. Pero no sé si es una historia que quieras oír. Tampoco sé si quiero contártela.

Por su ritmo pausado, puedes darte cuenta de que la muchacha elige cuidadosamente cada frase. Y que no has logrado derribar del todo sus barreras. Tras unos instantes en silencio, dice:

—He estado pensando en ir a Lecumberri a ver a Clemente.

—¿Tú, a Lecumberri?

—¿Qué tiene? Sería durante las vacaciones.

—No es eso, Chayo. ¿Cómo le vas a hacer para que tus papás te den permiso?

—Ya lo hicieron. Creen que voy con mi prima Paula al penthouse de Acapulco…

—¿Y tu prima está de acuerdo?

—En realidad fue su idea —la muchacha sonríe—. Yo le sirvo de tapadera porque allá verá a su novio.

—Y tú vas a ver al tuyo, ¿no? A la visita conyugal…

—¿Ves cómo sí eres celoso? Ni siquiera me has dejado terminar —enciende un Delicado—. Nunca dije que iría sola. Iría contigo. Si tú quieres, claro.

Rosario insiste: Ándale, son cinco días, nadie se va a dar cuenta. Paula y yo lo hemos hecho antes varias veces. Pensativo, juegas con el periódico.

—¿En qué piensas, Bernardo? Te quedaste callado.

—En nada.

—Podemos aprovechar el viaje para organizarnos con las mamás y las hermanas de otros internos, ofrecerles asesoría legal, exigir que los derechos de los internos sean respetados.

Mientras habla, ves cómo una cucaracha sale de abajo de la cama. Rápido, sin pensar, la aplastas con el pie. Piensas en los embargos que tienes pendientes.

—Nos conviene cerrar filas, que estén de nuestro lado —dice Rosario—. ¿Cómo ves?

Camel City: Amapola

9 de enero de 1972,
16:03 h
(8 horas 59 minutos antes del rescate)

—Llevamos horas aquí, Lansky —el viejo Byrd se concentra en cercenar la punta de un habano con su cortapuros—. Tal vez la ilegal ni siquiera comprende lo que le estás preguntando.

—Claro que entiende, señor. Es gente mañosa —responde Lansky, luego se vuelve a Amapola—: ¿Cuándo, cómo se conocieron tú y la niña Navarro? ¿Tienen más cómplices?

El viejo Byrd abandona la sala dando un portazo. Conforme avanza el reloj has visto cómo crece su impaciencia. Acaso ve diluirse la esperanza de rescatar viva a su hija. Tras casi siete horas de interrogatorios es poco lo que has logrado sacarle a la inmigrante. A pesar de que sobran evidencias de que la sospechosa ha tenido contacto reciente con la secuestrada, nada de lo que dice parece tener sentido. Una y otra vez, la mujer niega su participación en el secuestro.

Quizá el millonario tiene razón y la ilegal no comprende tus preguntas, pues ni siquiera el detector de mentiras arroja resultados concluyentes. Amapola sigue hablando:

—La verdad sea dicha, Santa Gertrudis era un pueblo rete feo. Muchas veces el patrón me había dicho que por allí había cruzado mi Ramiro. Un pollero al que le decían el Vale pedía cien dólares por ayudarle a cualquiera a brincar la frontera. A mí me cobraría cincuenta por ser recomendada del patrón. Me indicó que tenía que aguardar turno y me llevó a una casa donde no había agua ni luz, pero al menos había barracas para dormir. No estaba sola, eso sí: había oaxaqueños, colimenses, zacatecanos... las paredes estaban llenas de los nombres de quienes habían pasado por allí. Me dio harta lástima no saber leer por si acaso encontraba el nombre de mi esposo, Ramiro Chávez. En los días que estuve allí, el Vale me llevó varias veces a un cuarto para ocuparme, dizque así quedábamos a mano. Cuando se me echaba encima yo me acordaba del patrón y temblaba nomás de pensar que podía volver a encargar un *baby*. Por las noches soñaba que otra vez, entre charcos de sangre, mi hijo se malograba. Yo le pedía a san Juditas que me permitiera mirarlo al pobrecito aunque fuera en sueños, pero por más que me esforzaba nunca pude porque justo cuando me lo mostraban me despertaba con el corazón hecho una furia. Una tarde, el Vale me dijo que intentaríamos pasar en la madrugada. Un grupo pequeño, cinco señores y yo. Salimos tempranito en una troca de redilas. Llevábamos ropa oscura, una mochila y un galón de agua para cada quien. No dilataba en amanecer.

—De aquí a Tucson son tres días a pie —nos dijo—. ¿Alcanzan a mirar aquellos cerros? Ésa es la sierra de Baboquiyán. Allá hay un ojo de agua donde pueden descansar antes de seguir.

Luego me dijo que yo iría con él, que por ser gente del patrón me iba a dejar en un camino más seguro. Apenas nos bajamos de la troca el hombre se me echó encima. Le supliqué que me dejara en paz. No te hagas, pinche zorra, bien que te gusta, me decía mientras hacía por meterme su cosa entre las piernas. Como quise resistirme sacó una pistola y me golpeó en la cabeza. Nomás lo escuchaba resoplar igualito que el patrón cuando subía a mi cuartito de azotea, mientras en silencio le rogaba a san Juditas que me dejara vivir, que no permitiera que quedara yo embarazada. No sé cuánto tiempo pasó, sólo me acuerdo de que el hijo de la chingada me dijo ora sí córrele sin voltear, allá está la frontera. Yo apenas podía estar de pie. Estaba amaneciendo y todo era piedras, arbustos, saguaros. A lo lejos se miraban unos cerros, allá podía detenerme a pensar porque en mi cabeza se revolvía todo. Entonces oí el tronido de la pistola.

—Nada de esto tiene que ver con la niña Byrd —interrumpe Lansky.

—Por san Juditas que sí —responde la mujer.

El policía mira a la sospechosa. ¿Qué sabes?, parece preguntarle en silencio. ¿Qué puedes decirnos? Pero en vez de eso pregunta:

—Fue él, ¿verdad? ¿Tu hombre tiene a la muchacha?

La mujer niega con la cabeza.

—Una nunca sabe por qué pasa lo que pasa, pero mientras usted me tiene aquí dándole santo y seña de mi vida, allá afuera anda cada pinche loco suelto que válgame dios. Porque una cosa es que no tengamos papeles y otra que seamos delincuentes. Como si entre los güeros no hubiera también hartos violadores, ladrones, asesinos. Llevo de este lado casi la mitad de mi vida, desde los diecinueve años, porque esa edad tenía cuando pude cruzar. Fueron dos años y medio los que me tardé, pero no me arrepiento porque con sor Nati aprendí más cosas que si hubiera ido a la escuela. Porque así se llamaba la monjita que me recogió, sor Natalia. Era una santa. Tenía una especie de refugio donde conocí muchachas a quienes las habían regresado dos, tres y hasta cuatro veces, pero estaban allí para volver a intentar el cruce. Yo estaba de a tiro maje porque cuando llevaba como cinco días en el refugio me dispuse a intentarlo otra vez. Me urgía venir a buscar al Ramiro. Mira, Amapola, tienes que entender que el desierto es cabrón, me dijo sor Nati, intentarlo así es de plano irte a morir. Platica con las otras, insistía la monja, porque en ese momento había otras dos morras en el refugio; una de ellas una alta, flaca, con ocho meses de embarazo y una panzota de este tamaño. Era de Michoacán. De principio me cayó mal, o a lo mejor lo mío era nomás envidia porque ella estaba a punto de parir. Era la tercera vez que intentaba la pasada, pero sor Nati la había convencido de que se esperara hasta tener al *baby* para luego cruzar. Me impresionaba la confianza con que la monja revisaba a la muchacha: le tocaba la panza, la medía, escuchaba el corazón de la criatura. Una noche, sor Nati me despertó: la muchacha estaba por aliviarse y necesitaba que yo la ayudara. Yo estaba muerta de miedo, temblaba nomás de acordarme de mi niñito muerto. No puedo, le dije, yo para esas cosas estoy maldita. No digas pendejadas, me regañó la monja, mientras le sobaba la pancita a la parturienta.

—Esto no está funcionando, Lansky —abre la puerta el viejo Byrd—. Ya es hora de que hagamos las cosas a mi modo.

—¿Qué sugiere, señor?

—Déjame solo con la ilegal —ordena el millonario, desempaquetando un nuevo habano.

Su cara abotagada y sus ojos enrojecidos evidencian muchas noches sin dormir.

—Olvida que la señora no habla inglés.

—Tú no te preocupes, siempre hay manera.

Cuando Lansky está a punto de salir de la sala, escucha de nuevo la voz del magnate.

—¡Lansky! ¿Tienes fuego?

En los caminos del sur: Fabián

17 de junio de 2018,
Ciudad de México

Era domingo, día del padre, y aunque estábamos en la Ciudad de México no quisimos ir a casa de mis suegros. De Tlaxcala habían llegado mi cuñado Matías y su esposa Marijose con sus tres hijos. Ni Fernanda ni yo estábamos de humor para aguantar sobrinos correteando en el jardín y saltando en los sillones. Al mediodía, Fernanda recibió un mensaje de WhatsApp: Eva y su esposo, Pierre, nos invitaban esa noche a su casa para cenar *algo sencillo.* No sonaba mal, sobre todo tomando en cuenta que en Chilpancingo nunca salíamos de noche. Así que a las ocho y media llamábamos puntuales a su puerta. Más que una casa, aquello era un pequeño chalet enclavado en la Condesa. Llevábamos un mezcal oaxaqueño y un mousse de mamey de La Balance.

—Llegan a tiempo —dijo Pierre, mientras servía en la mesa unos pepinos rellenos de quinoa y alga nori, acompañados de guacamole.

Cuando Fernanda propuso un brindis llegó la primera sorpresa de la noche: Eva y Pierre ya no bebían. No sólo eso: se habían convertido al veganismo.

—¿Ah, sí? ¿Desde cuándo?

—Desde hace poco —cruzaron una mirada cómplice.

Fue el primer indicio de que la noche estaba destinada a terminar mal. Durante la cena, el tema dominante fue que Eva había sido nombrada vicepresidenta jurídica en la compañía donde trabajaba. Un bla bla soporífero, la verdad. Después de la cena, tras lavar los platos, Pierre y yo subimos a lo que él llamaba «su estudio» para ver la repetición de no sé qué partido de la Liga Europea. Jamás me interesó el futbol, pero prefería mil veces eso a escuchar el relato de las proezas burocráticas de Eva. En el sillón había un periódico:

—Oh, claro, casi lo olvido —dijo Pierre alcanzándomelo—. Eva lo guardó para ustedes esta mañana.

En portada, el diario anunciaba una crónica publicada en interiores sobre las condiciones de vida en la sierra de Guerrero. Apenas hallé la nota, me cimbró la foto de dos niños alimentando gallinas en un jacal serrano.

—¿Qué tienes? —me preguntó Fernanda, que había subido a servirse el tercer (¿o cuarto?) mezcal de la noche.

A cualquiera le habría bastado ver la foto para asumir que la pobreza de esos niños me había conmovido. Pero no a Fernanda: los dos sabíamos que no podía ser eso. En el último año y medio habíamos tenido suficiente contacto con la violencia y la pobreza como para dejarnos ablandar por anécdotas y estadísticas que muchas veces, a fuerza de repetirse, terminan por decir muy poco de cómo se vive en aquellos rumbos. La crónica afirmaba, por ejemplo, que el papá de aquellos niños había partido rumbo a Estados Unidos cuatro años antes persiguiendo el sueño americano, y que jamás habían vuelto a saber de él. Que las familias de aquella región tenían un ingreso promedio que no rebasaba los cinco mil pesos al año. Que ese ingreso se iba a duplicar cuando los pequeños tuvieran la edad para trabajar rayando bulbos de amapola, pero por lo pronto debían caminar diez kilómetros —de ida y vuelta— para asistir a la escuela. Lo que el reportero no decía es que a muchas escuelas de la sierra los maestros suben cuando mucho una vez al mes para darle clase a primarias de un solo grupo formado por niños de cinco a doce años. Que en el remoto caso de que esos muchachos lleguen a la universidad no sería raro que no supieran agarrar un lápiz, hacer una división o buscar un libro en una biblioteca. Leído desde la Condesa, en el corazón de la Ciudad de México, todo aquello parecía irreal, perdía peso y esencia. Así pues, lo que me había descolocado no era la visión de la sierra, sino lo que salía detrás de los niños en la imagen: una hamaca. Llevaba tres semanas sin saber de Viury. Tres semanas rumiando una noticia inesperada:

—¿Carajo, Negra, estás segura de que es mío?

—Pues si no es tuyo es del espíritu santo —dijo Viury—. No hay más, papi.

Mil cosas pasaron por mi cabeza: un aborto, un examen de ADN, las dos cosas. Luego pensé en Fernanda. Qué iba a decir. Quisiera escribir aquí que la sensación era por entero distinta a la que me había asaltado tres años antes, cuando Fernanda y yo vivimos aquellos cuatro meses de embarazo que acabaron yéndose literalmente por un escusado. Lo cierto es que por debajo de toda la angustia había un átomo de felicidad que amenazaba con crecer. Como si adivinara mis pensamientos el último día en que nos vimos, Viury había dicho que, aprovechando las vacaciones, subiría a Arroyo Oscuro para pasar unas semanas con Mamá Flor. No podríamos comunicarnos porque allá no había señal de teléfono.

—No te preocupes, me voy a hacer cargo —dije pensando en ganar tiempo—. Nomás te pido que no se lo digas a nadie, y menos a mi mujer. Yo encontraré el momento.

Necesitaba pensar y las vacaciones me venían perfectas, pues Fernanda y yo habíamos decidido pasarlas en la capital. Yo dije que aprovecharía para avanzar en mi novela. Lo cierto es que no podía escribir. Me era imposible concentrarme. Con desparpajo saltaba de una lectura a otra, googleaba tonterías, comía mal y dormía peor. Pasaba horas navegando en internet: de páginas que recreaban el secuestro de Patty Hearst saltaba a *Los ejércitos de la noche*, la crónica de Norman Mailer sobre las protestas contra la guerra en Vietnam y de allí a los atentados con bomba en Alabama. Todo aquello me parecía tan ajeno que al escribir me sentía un farsante, un impostor. La historia amenazaba con desbarrancarse por un rumbo que no acababa de convencerme. O quizá miento y el problema real era que en alguna parte de la sierra había una muchacha de veintitrés años esperando un hijo mío. Estaba seguro de que, una vez tomada la decisión, el agua volvería a su cauce.

Fernanda pasaba mucho tiempo fuera, lo que no me venía mal, pues le daba una tregua a mi remordimiento. A veces entraba a hurgar entre los papeles de su estudio. Por los documentos y los libros que ella apilaba en su escritorio, era sencillo inferir que se había volcado de lleno a buscar a la hija perdida de Mamá Flor. Quién se hubiese imaginado que la entusiasta estudiosa de André Gide y del caso Dreyfus ahora tenía como lecturas de cabecera libros como *La guerrilla recurrente* de Carlos Montemayor, *Genaro y Lucio* de Baloy Mayo, *Fuerte es el silencio* de Elena Poniatowska. Un tablero lleno de fotos, fichas, bocetos.

Pero no era eso lo que yo buscaba al husmear entre los papeles de mi esposa. Quizá inconscientemente deseaba descubrir que Fernanda también estaba viendo a alguien: algún exnovio, un académico francés radicado en México, yo qué sé. Sabía, porque una tarde había encontrado su computadora encendida y su cuenta de correo abierta, que había acordado verse el martes con un tal Clemente Salas en un café del barrio chino. Casi lo celebré, pues me daba indicios de que no era yo el único infiel. Tras años de no verlo, el óleo de *Los tres amantes* había llamado mi atención.

—Ya vámonos, Fabián —dijo Fernanda y así me devolvió al presente.

—Un rato más. El partido está muy bueno —respondí sólo por molestar.

Entonces Fernanda tomó el control remoto y apagó la pantalla. Quizá Pierre intuyó problemas porque, pretextando que necesitaba agua, salió de la habitación. Era evidente que algo le pasaba a mi esposa, pues luego de llenar por enésima vez su vasito de mezcal, se lo bebió de un trago. En sus ojos había tristeza, rabia, frustración. O tal vez esa nueva luz estaba en mí. Lo cierto es que la paternidad había dejado de pertenecer al terreno de lo teórico, aunque más allá de la prueba de embarazo no hubiese manera de constatar que la vida crecía dentro de Viury. El mezcal había minado mis defensas y con dedos torpes escribí un mensaje de WhatsApp: *Hola, Negra, ¿tas bien?*

Una palomita en la pantalla indicó que el mensaje había salido.

—Fabián, quiero irme —insistió Fernanda.

Apenas terminó la frase, vomitó sobre la mesita de centro. Y en mi teléfono, dos palomitas se pintaron de azul.

Camel City: el agente Lansky

9 de enero de 1972
(4 horas 10 minutos antes del rescate)

—Seré directo, Miss Henderson: una de nuestras fuentes sostiene que usted distribuye drogas entre las chicas.

—¿Drogas?

—Pastillas.

Miss Henderson se levantó molesta y se volvió hacia el ventanal. Era evidente que la profesora no esperaba eso. Afuera la nieve arreciaba, y el viento de enero se filtraba entre las ramas de los árboles. El ambiente de la oficina, en cambio, era casi tibio y permitía estar sin abrigo.

—Dígame una cosa, oficial Lansky, ¿tiene usted hijas?

—Una —asentí.

—¿De qué edad?

—Va a cumplir cinco años en marzo.

—¿Qué haría para protegerla? Comprenda: lo más importante aquí son ellas —la mujer se volvió, su mirada había perdido la dureza—. No tiene caso alimentar más el escándalo. Usted sabe mejor que nadie que, echadas a andar, estas cosas pueden salirse de control...

—¿Qué quiere decir?

—Lo que estoy diciendo. Estos temas son delicados. Si en otros momentos omití contarle ciertas cosas fue porque significaba violar los códigos de secrecía de la escuela. Estamos hablando de nuestras hijas. De vidas que comienzan. ¿Por qué mancharlas?

—Caray, suena hermoso —respondí—. Espero que se lo repita al juez cuando le mande una orden de presentación.

La mujer se mantuvo en silencio casi un minuto, como un ajedrecista que calcula su próximo movimiento. Al final habló:

—Las pastillas que les di a las niñas no eran psicotrópicos, sino hormonas. ¿Qué haría usted si una chica llega llorando porque está embarazada? ¿Ignorarla? ¿Denunciarla ante su familia?

—Le recuerdo que facilitar abortos es un delito que se castiga con cárcel.

—Y obligar a una muchacha a tener un bebé no deseado es joder la vida de los dos. Además, ¿qué tiene que ver esto con el secuestro de la chica Byrd? Este tema jamás se tocó con ella.

—¿Está segura?

Dos golpes sonaron en la puerta, asomó una mujer que llamó a la decana.

—Disculpe, debo salir un momento —dijo Miss Henderson.

Me quedé solo, fumando. En algún sitio sonó una chicharra y más allá del ventanal, el jardín nevado comenzó a llenarse de chicas. Quizá la decana tenía razón: algún día mi hija Rachel tendría la edad de aquellas muchachas y se desenvolvería con códigos incomprensibles para mí.

Miss Henderson no tardó en regresar. Traía en las manos un estuche de costura del tamaño de una caja de zapatos.

—Como sabe, oficial, ésta es una institución muy celosa de su imagen. Somos el colegio para señoritas más antiguo del país. Hace unas horas, cuando supimos que buscaban a la señorita Navarro, la directiva tomó cartas en el asunto.

Sin dejar de mirarme, abrió el estuche.

—Hallamos esto en su habitación, bajo la duela —tendió un paquete hacia mí.

Además de agujas, hilos, tijeras y otros materiales, el estuche contenía cuatro cigarros de mariguana, dos cactos verde pálido y un frasco de barbitúricos.

—No se fije en los bulbos ni en las pastillas, Lansky. No es eso lo que quiero que vea.

En la caja había, además, un cuadernito rojo sangre en cuya portada se leía:

CINCO TESIS
FILOSÓFICAS
DE
MAO TSE-TUNG
★

—Tenemos al enemigo en casa, oficial.

Me resultaba difícil pensar en una chica coludida con un grupo de veteranos radicales.

—¿Y por qué no lo reportó de inmediato?

—Es obvio: de reportarlo, se habría tenido que abrir una investigación. ¿Se imagina los periódicos? Comunismo y drogas en el Instituto Salem. A nadie le conviene un escándalo.

—¿Y por qué me lo cuenta ahora?

—Porque quiero que todo esto se resuelva ya.

Minutos después caminaba de nuevo rumbo al jeep con la evidencia entre las manos. Sintiendo el viento helado en la cara, volví a echar un vistazo al viejo edificio: en el segundo piso estaba la decana conversando con alguien a quien no alcancé a ver. Como si hubiese sentido mi mirada, se volvió y me miró por dos o tres segundos. Después cerró la persiana.

El radio de la patrulla cacareaba como nunca.

—¡Necesitamos refuerzos en Chestnut y Belew! ¡Hay compañeros heridos! ¡Repito: Chestnut y Belew!

A lo lejos, por el rumbo del centro, se escuchaba el ulular de las sirenas.

Por la razón o la fuerza: el profesor Ayala

12 de abril de 1974,
Culiacán, Sinaloa
(650 días antes de la fuga)

Sales muy temprano a encontrarte con Rosario. Te causa gracia descubrir que el sitio donde la muchacha te ha citado contiene cifrada una burla: tras la tienda del Chino Ley. Detrás de la Ley.

Ella te espera en la esquina, recargada en el cofre del vehículo, leyendo. Te arroja las llaves del Impala, y apenas subes te das cuenta de que en el asiento trasero hay diez, doce libros. Carajo, Chayo: te trajiste toda la biblioteca, cualquiera diría que te la vas a pasar leyendo. No son para mí, bruto, son para dejárselos a Clemente, responde la chica. Media hora después van por la carretera a la altura de Bachigualatito, bajo un cielo encendido en tonos rojizos, mientras en el estéreo suena «Mother's Daughter» con Santana. En una gasolinera desayunan tamales barbones y Rosario te confiesa que son su plato favorito. ¿A ti no te fascinan los barbones?, pregunta con malicia, pero al ver que su broma no prospera agrega que aprendió a cocinarlos cuando vivía en Camel City, y no es por nada, pero le quedan deliciosos. Antes de reemprender la marcha vas al baño. Al salir ves a la muchacha haciendo una llamada desde un teléfono público. Apenas te ve, cuelga.

—¿Con quién hablabas?

—Ay, no empieces, Bernardo.

—¿Con quién hablabas?

—Con mi prima. Se supone que estoy con ella, ¿recuerdas?

Retoman la carretera y en las siguientes horas la tensión se va diluyendo. Hay tramos en que hablan y hacen bromas, a ratos ella toma el volante, en otros ella lee y tú conduces. Por el estéreo pasan Joni Mitchell, Carole King, The Rolling Stones. Te atreves a fantasear con la vida que podrían tener juntos. Dejas que ella imponga los temas. Cuando están por cruzar el límite entre Sinaloa y Nayarit, Rosario te propone hacer una escala en Acaponeta. ¿Conoces? No, pero mejor no desviarnos, respondes, sólo que la chica insiste en que Acaponeta es un lugar hermoso y está sólo a unos minutos. Allí podremos cenar y buscar dónde dormir.

Para evitar discusiones, sugieres tomar una habitación en un hotelito a pie de carretera. El hombre del mostrador no les pide identificaciones. Después de cenar pipián con pepitas vuelven al hotel y cogen, pero no es lo que esperabas: sientes a Rosario distante, ajena, por lo menos distraída. Luego ella se toma sus pastillas y se enfrasca otra vez en la novela, mientras tú te quedas dormido.

No sabes cuánto tiempo ha pasado cuando un ruido te despierta. La luz está apagada y unos gatos arman bullicio muy cerca, en alguna parte. Nunca has sabido distinguir si cogen o pelean, y en el sopor de la noche te divierte pensar que pueden hacer las dos cosas al mismo tiempo. Estás a punto de dormirte otra vez cuando notas que Rosario no está en la cama. ¿Dónde andará? Sales del cuarto y, manoteando entre una nube de mosquitos, confirmas que el Impala de Rosario sigue donde lo estacionaron. No tardas en localizarla. Está en la farmacia, otra vez pegada al teléfono, tan concentrada que no se da cuenta de que estás allí.

—Ahorita mismo me vas a decir con quién hablabas y para qué —escupes apenas entra en la habitación.

Llevan un buen rato avanzando en una carretera vecinal. Aunque es temprano, el sol castiga. A los lados del camino brotan yerbajos, matas de buganvilia, guamúchiles, Rosario te indica que tomes una vereda de terracería casi oculta en un maizal. Las matas llegan casi a los dos metros de altura. Desesperado, frenas.

—¿A dónde vamos, Chayo?

A lo lejos se escuchan ladridos, graznar de pájaros, chicharras escondidas entre la yerba.

—¿Pues a dónde va a ser? A Acaponeta.

—¿Crees que estoy pendejo?

En eso, una patrulla les marca el alto. Es un vehículo viejo, desvencijado, en donde viajan dos policías que bostezan y los observan. Seguro quieren dinero. La muchacha se pone muy nerviosa.

—Acelera, Bernardo, vámonos.

—Tranquila, tú déjame hablar.

Un policía baja de la patrulla, el otro se queda al volante, esperando.

—Buenas —el agente se inclina sobre tu ventanilla—, ¿a dónde se dirigen?

En su boca se asoma un diente de oro.

Le explicas que eres abogado y que la señorita es tu secretaria, que como parte de un juicio necesitan localizar unos terrenos, pero se perdieron. El poli no disimula su interés en ver qué llevan en el asiento trasero. Necesitamos hacer una revisión, dice dando una palmada en la capota del vehículo, bájense y abran su cajuela. Para esas alturas Rosario tiembla. En un segundo sopesas las probabilidades que tienen de huir: pisar el acelerador, perderse. O tal vez a pie: unos doscientos metros más allá hay una espesa arboleda, y si logran llegar… Tampoco, imposible. Bajas del coche, Rosario también. La muchacha está pálida, a punto de desmayarse. Cuando el agente levanta el asiento trasero quedan a la vista partes de fusiles desarmados, dos revólveres y varias cajas de balas.

—Así que abogado, ¿eh?

Rosario quiere hablar pero no se lo permiten. A culatazos los tumban, luego los esposan por la espalda. Mientras uno de los agentes les apunta con un rifle a unos centímetros de la cabeza, el otro pide refuerzos por el radio de la patrulla. Ni cómo evitar el temblor en las manos, el sabor a tierra y bilis. Una mancha caliente crece en tus pantalones.

—¿Pos no que muy machito? —sientes una bota en la espalda.

Pasa por tu cabeza la idea de que nunca saldrás de este maizal, se los van a chingar y los van a enterrar aquí mismo.

—Escuchen, están cometiendo un error —dice la muchacha—, no somos delincuentes: soy sobrina del subsecretario de Agricultura, las armas son para sus escoltas.

—Claro, pendeja. Y yo soy santaclós —se ríen los policías.

Los refuerzos no tardan en llegar: el sitio se llena de patrullas, torretas encendidas, ametralladoras. Los trepan en unidades separadas. Te tapan la cabeza con una capucha.

Camel City: Rosario

Tampoco es que las dudas te quiten el sueño. Para eso tienes otros motivos: el primero, desatado por el telegrama de papá, es que no te permitan quedarte en el internado durante las fiestas de fin de año, de modo que vas a preguntar a la administración. En ese momento te enteras de tres cosas: la primera, que tu papá llamó para preguntar lo mismo. Con un pago especial ha asegurado tu alojamiento y tus comidas. La segunda noticia es que Miss Henderson quedará a cargo del colegio durante las vacaciones. (¡Puta madre!) Y la tercera es que Thana también pasará las fiestas en el internado, pues hay un problema con sus documentos.

—Llevo marcando toda la tarde, papá —reclamas esa noche por teléfono.

—Estábamos en el doctor, hija. Ya sabes, el Bodoque.

—Pues sí, pero Felipa nunca contesta...

—Felipa no está, hija. Anda de vacaciones.

—¿Y eso?

—Quería ir a su pueblo.

—Uf, hasta la chacha va a tener mejor Navidad que yo.

—No digas eso. Lamento que no puedas venir, princesa.

—No me digas así.

—Estoy tratando de conseguir un boleto para ir a verte, hija, pero todos los vuelos están agotados. Es Navidad.

Al día siguiente, después de desayunar, vas con Thana al Hanes Mall, donde se exhibe una villa en miniatura que el periódico anuncia como «una réplica perfecta de Camel City». La maqueta representa la ciudad cubierta de blanco, y es que para esas fechas resulta increíble que a pesar del frío no haya nevado. La réplica, tiene razón el anuncio, aspira a la perfección: están el parque de beisbol, la iglesia bautista con su entrada de columnas dóricas y las chimeneas de la R. J. Reynolds. De pronto, recuerdas que alguien dejó entre tu correspondencia el patrón para hacer el vestido corte imperio, así que haces una escala para comprar la tela necesaria para cortar y coser la prenda. Si el vestido te queda bien podrías estrenarlo en la cena de Año Nuevo.

Otro día, mientras juegan ping-pong en el sótano, le preguntas a tu compañera cómo celebran la Navidad en Tailandia. Te sorprende escuchar que no se celebra, pues allá los cristianos no llegan al 0.1% de la población. De hecho, Thana no conoce a ninguno. La religión predominante es el budismo theravada.

—Todo esto debe parecerte raro —dices.

—Más o menos. Mi país intenta atraer turistas. Aunque las familias no celebran, en Bangkok algunas tiendas decoran con árboles y esferas. Es extraño: la única que me había hecho tantas preguntas sobre mi país era Harriet. Un tiempo estuvo muy interesada en algunas recetas de allá.

—Déjame adivinar: alguna droga…

—Hongos alucinógenos. Le conté que allá se toman en malteadas, aunque yo nunca los he probado. Renunció al plan cuando le dije que para cultivarlos se necesita mierda de elefante.

Conforme avanza el almanaque, crece el ambiente de fiesta en Camel City, en el país. Todo es luces de colores, hojas de muérdago y bastones de caramelo. Las tiendas del *downtown* están cada día más llenas y los dormitorios del instituto más vacíos. Luego de año y medio, Camel City ha terminado por parecerte un parque temático que pasa de los espantapájaros a las calabazas a los monos de nieve a los santocloses. Todos esos motivos navideños te recuerdan que pasarás las fiestas sola y lejos de Culiacán.

Llena de nostalgia, invitas a Thana a comer tacos de chilorio en la fonda de Amapola. Además de platicar con la señora, que ha preparado ponche y buñuelos, juegan lotería y compran una piñata para romperla en Nochebuena, después de cenar. Por primera vez en meses vuelves a reparar en el local que está enfrente. Recuerdas la tarde en que la anciana leyó las líneas de tu mano. En aquel momento te asombró que te dijera que estabas a punto de reconciliarte con tu mamá.

Por la tarde, al llegar al instituto, Miss Henderson las recibe con la noticia de que un hombre de color estuvo rondando el edificio, asomándose por las ventanas como si buscara algo. Un tipo alto, mal encarado, vestido de negro. Inquieta, la decana ha terminado por llamar a una patrulla.

—Tengan cuidado, muchachas —aconseja la maestra—. Mejor no salgan solas.

Los exámenes extraordinarios han terminado y cada día quedan menos alumnas en el dormitorio. Sin las compañeras el instituto parece un museo, un hospital, lo que sea menos una escuela.

De día sientes que el comedor —diseñado para dar cabida a cincuenta señoritas al mismo tiempo— les queda grande. Tres días antes de Navidad encuentras cerrada la puerta principal y tienes que colarte por la entrada de servicio. Descubres que vagar por los pasillos vacíos te pone triste. Que ir al Hanes Mall te pone triste. Que a pesar del frío ni siquiera se te antoja el café con calabaza del Finnegan's, pues te recuerda a Harriet. Al regresar al dormitorio te encuentras con Thana, quien arrastra su maleta rumbo a la salida: el consulado le ha conseguido un pasaporte provisional y un asiento en un vuelo. Si tiene suerte, llegará a Phang Nga al día siguiente para compartir con su familia esa fecha que allá no significa nada.

Al día siguiente nadie más llega al comedor a la hora del desayuno. Sólo tú y Miss Henderson. Quizá por animarte, la mujer te pregunta qué quieres para la cena de Nochebuena. Y quizá por joder, respondes que tamales barbones de camarón con chile rojo. Luego piensas que no es tan mala idea. Puedes ir al mercado y preguntarle a Amapola si puede prepararlos.

Afuera, el jardín se va llenando de hojas secas. Miss Henderson intenta animarte. Te propone ir juntas al cine. ¿No quieres acompañarla? Aunque no suena al plan ideal, aceptas. Exhiben *Matar un ruiseñor.* La escena donde el abogado Atticus Finch defiende a Tom Robinson te emociona tanto que de regreso en el instituto te pones a hurgar en la caja de Miss Henderson en busca de la novela. Por la noche, mientras la decana mira el show de Andy Griffith, te dispones a cortar y coser el vestido corte imperio. Apenas estás planchando el patrón cuando, al contacto con el hierro caliente, empiezan a aparecer sobre el papel unos garabatos ocre. Son letras, un mensaje de Harriet para ti. Y entonces todo adquiere sentido.

En los caminos del sur: Fernanda

20 de junio de 2018,
Ciudad de México

—Primero cuénteme, ¿por qué quiere identificarla? —pregunta el anciano con acento norteño mientras palpa la cajetilla de cigarros y la extiende hacia la mujer.

Fernanda declina con una seña. El viejo tiene la mirada marcada por la desconfianza. Salvo por una corona de pelusas grisáceas, es calvo. Viste pantalón Dockers y camisa a cuadros.

—Como le dije por correo, don Clemente, estoy ayudando a una mujer cuya hija desapareció. No estoy segura de que sea ella, pero hay datos que coinciden.

Aunque el cielo color panza de burro promete lluvia, Fernanda y don Clemente se han instalado en la terraza, pues un letrero prohíbe fumar dentro del restaurante ubicado en la calle de Dolores, en el centro de la Ciudad de México. El local donde el hombre ha citado a Fernanda está en el Barrio Chino pero no es, como la dirección sugiere, un lúgubre café con pocos clientes, sino un lugar limpio y bien iluminado, de muebles minimalistas, música *new age*, y abarrotado de oficinistas.

Un mesero se planta frente a ellos. Don Clemente ordena algo cuyo nombre ella no alcanza a escuchar y Fernanda, para no romper el hilo de la conversación, dice tráigame lo mismo.

—Escuche —retoma el anciano—: si va a escribir algo, no ponga mi nombre. Cámbieme los rasgos, invénteme otra profesión. Ponga que nos vimos en otra parte.

Ella asiente en silencio. Salvo una leve cojera que le quedó como secuela de las torturas, nada en don Cle-

213

mente revela que en su juventud fue guerrillero y que pasó más de cuatro años en prisión. Parece un hombre sencillo, de esos que no se envanecen pero tampoco se arrepienten de sus decisiones. Al menos esa impresión ha causado el abuelo en Fernanda a partir del blog que mantiene, una rústica página electrónica dedicada a dos temas: los grandes muralistas mexicanos y la reconstrucción de hechos en los que participaron guerrilleras como Aurora Castillo, alias Belén, quien llegó a comandar una de las brigadas de la Liga en la capital, o como Enrique Guillermo Pérez Mora, alias el Tenebras, asesinado en junio de 1976.

Don Clemente saca un papel del bolsillo de su camisa. Es un volante que ostenta veinticuatro caras jóvenes, algunas identificadas por nombre y apellido, otras por sus apodos: la Papa, el Güero, el Licenciado, la Chapis. Algunos usan lentes, llevan bigote o cabello largo. Pero las imágenes son pobres, borrosas. Los rasgos se tornan confusos. Al pie hay una leyenda que aclara que, además de pertenecer a la Liga Comunista 23 de Septiembre, son delincuentes comunes: asesinos, secuestradores, asaltantes. Hacen una vida aparentemente normal, podrían ser tus vecinos. Denúncialos.

Señala una foto abajo, a la izquierda: una muchacha identificada como Amparo. Los cargos que se le imputan son conspiración, acopio de armas, asociación delictuosa, robo con violencia e incitación a la rebelión.

—Se parece, pero no sé si hablamos de la misma persona.

Fernanda se mordisquea la uña del pulgar mientras observa la imagen. Con un poco de voluntad sería posible pensar que esa muchacha podría ser hija de Mamá Flor. Se parecen en los ojos, aunque el único ojo sano de Mamá Flor está casi apagado por las cataratas. En los pómulos. La nariz es un poco más chata, pero no mucho.

214

—Su madre dice que, a mediados de los setenta, la chica sirvió como puente entre el Partido de los Pobres y la Liga 23 de Septiembre. Que la desaparecieron porque denunció que en Guerrero operaba un escuadrón paramilitar llamado *Grupo Sangre*. ¿Qué opina? —pregunta Fernanda—. ¿Le suena posible? ¿Lógico al menos?

—De eso quería hablarle —el anciano vuelve al cigarro—. No sé si realmente se trate de la misma persona. Hay partes que sí cuadran, pero otras nomás no. La Amparo que yo conocí era de Culiacán, no de Guerrero.

—¿Entonces? —insiste Fernanda en cuanto el mesero se aleja.

El hombre la mira, sus dedos tamborilean sobre la mesa.

—Acompáñeme —el hombre toma de la mesa las llaves de su auto y luego el bastón.

A Fernanda jamás se le había ocurrido que un exguerrillero pudiese conducir una Jeep Liberty, usar GPS. En el asiento del copiloto hay una caja con materiales de pintura: pinceles, espátulas, latas y frascos con solventes. Mientras el vehículo intenta abrirse paso por las calles de la capital, cuenta que hace unos años, durante el sexenio de Vicente Fox, la Fiscalía para Movimientos del Pasado buscó en psiquiátricos a ciento treinta personas desaparecidas durante la guerra sucia.

—No fueron pocos los que enloquecieron a causa de la tortura o del encierro —continúa—. Lo más cabrón es que, aun así, afectados, los jueces los mandaban a la cárcel alegando que era una medida de seguridad. La ley indica que no se puede responsabilizar a alguien que no es consciente de sus actos, pero eso nunca les importó. Igual los turnaban a prisión o, en el mejor de los casos, al psiquiátrico. No tiene usted idea de cuántos camaradas se suicidaron en esas condiciones.

La voz del hombre se quiebra, pasa varios minutos en silencio, la vista al frente.

—Si esta mujer es la que usted busca, su verdadero nombre no es Amparo, sino Rosario —retoma—. Cuando la conocí, a principios de los setenta, era eso que en la guerrilla conocíamos como una compañera de ruta. Alguien que simpatizaba con nosotros, pero no pertenecía formalmente a la lucha. Y no lo era por falta de méritos, sino porque su perfil hacía imposible aceptarla en el corazón de cualquier movimiento. Nosotros pretendíamos desarrollar la conciencia entre obreros y campesinos. Lo mismo expropiábamos mimeógrafos y máquinas de escribir que hacíamos pintas en edificios públicos o repartíamos volantes afuera de las fábricas. Luego, en 1973, muchas organizaciones clandestinas de todo el país intentamos fundirnos en una sola: la Liga Comunista 23 de Septiembre. Pero eran tiempos turbios y todos desconfiábamos de todos. Por eso cuando Rosario llegó, su caso desató un debate dentro de la organización. Teníamos que cambiar nuestras formas de operar. Una de las medidas fue reclutar más mujeres y confiarles las tareas esencial…

—Todo eso lo sé, don Clemente —interrumpe Fernanda—. Hábleme de la chica.

—A eso voy —responde el anciano—. Como le digo, ella era distinta y eso se notó desde el principio: en lugar de ser atraída primero a un círculo de estudios, Rosario se acercó ofreciéndonos información. Perdone que no le diga más detalles, no vienen al caso. Aquí es.

Se estaciona frente a una fachada sucia y descuidada que identifica al sitio como el Centro de Asistencia e Integración Social Coruña. Minutos más tarde están frente a una mujer de unos sesenta años, sorda y casi ciega. Sus ojos con cataratas evaden cruzarse con los de Fernanda. Las raras veces en que se atreve a mirarla, lo hace agachada. Sufre un temblor constante en la mano derecha. Anda descalza, con la piel muy quemada por el sol. Una cicatriz va desde el cuello hasta la clavícula izquierda, otras marcas cruzan sus antebrazos. Es una más en una horda de pacientes sucios, sin dientes y con la mirada perdida, que forman la población flotante de este sitio.

—Hola, Rosario.

—¡Clemente! ¿Por qué no habías venido?

En un tono de confianza, la mujer le cuenta al ex-guerrillero que esta mañana ha conseguido noventa y dos pesos pidiendo limosna. Interrumpe las frases, tartamudea. Su cara evidencia quién sabe qué tormentas internas que van de la tristeza a la euforia en cosa de segundos.

Don Clemente explica que Rosario pasa temporadas aquí, pero apenas cesan las lluvias o el frío, vuelve a las calles. Su expediente, que la identifica como Rosario Navarro Owen, la describe como una paciente psicótica, delirante y con síntomas de despersonalización, que se atribuye cualidades y condiciones que no corresponden a su realidad. En el archivo dice que ingresó como detenida, pero no hay nada que explique por qué se le detuvo, mucho menos indicios de que haya pasado por un juzgado: sólo notas médicas, transcripciones de entrevistas con trabajadoras sociales. No tiene documentos personales, pues asegura que se los robaron los soldados.

Fernanda hurga en su bolso en busca de algo que ofrecerle: encuentra sólo una barrita de granola, que la mujer acepta y de inmediato abre. Mastica muchas veces.

—¿Está seguro de que su apellido materno es Owen, que es de Sinaloa?

—Segurísimo.

—¿No es posible que sea una de sus invenciones?

—Mire, Rosario y yo fuimos pareja, estábamos a punto de casarnos cuando yo caí preso en Lecumberri. Éramos un par de chamacos. Si le estoy pidiendo que cambie mis datos cuando escriba su historia es porque a fin de cuentas esa relación no hizo sino acarrearme desgracias, al grado de que fui torturado y estuve preso por cinco años y once días, hasta que salí gracias a la amnistía de López Portillo. Pero ése es otro asunto. Como le digo, a diferencia de muchas camaradas que se acercaban con recelo al círculo de estudios, Rosario llegó con una idea muy clara. Pero ¿qué hacía entre nosotros una morra millonaria, que hablaba un inglés perfecto? Resolvimos darle un período de prueba durante el cual no tendría acceso a información que pudiera usarse para perjudicarnos. Se mostró muy disciplinada y hasta aportó dinero para actividades de la organización. Y sí, su nombre clandestino era Amparo.

—¿Dice que era rica, que daba dinero?

—Sí. Manejaba un convertible.

Triste, Fernanda asume que la muchacha del relato no es, no puede ser la Amparo que ella busca.

Camel City: el agente Lansky

Eran las 18:44 horas cuando George Byrd III llegó en su propio auto, acompañado por tres agentes de policía, a la esquina de Patterson y Chestnut. Un viento gélido, cargado de nieve, se cernía sobre Camel City. En la siguiente cuadra, avanzando hacia el norte, estaba el edificio de departamentos ubicado en Chestnut y Belew. Ese Lansky era un idiota: a él le había tomado quince minutos hacer que la inmigrante confesara en dónde estaba Harriet. Lo primero que el viejo Byrd hizo fue pedir por el radio de la patrulla tres unidades de apoyo para establecer un cerco en el área. Lo segundo fue acercarse a hacer una inspección ocular. Por fuera, al menos, no había nada en el sitio que confirmara que su princesa estaba allí.

No era un edificio ajeno a la familia. Levantado con ladrillos de tierra roja, con un techo de tejas de dos aguas, estaba ubicado a doscientos cincuenta pies de Reynolda House, la mansión del fundador del emporio tabacalero. En otra época la recia construcción había sido un granero adjunto a las caballerizas donde el tatarabuelo del magnate acumulaba purasangres. Más tarde, cuando la empresa empezó a crecer y los autos se popularizaron, los herederos convirtieron el espacio en una unidad de departamentos para sus empleados de mayor confianza. Los jardines fueron convertidos en un diamante de beisbol que después fue dividido en dos canchas de básquet. Con el tiempo la construcción fue decayendo hasta que en uno de sus arranques el propio Byrd vendió la propiedad, que quedó separada del feudo por un muro de nueve pies de altura.

Por medio de señas, Amapola explicó que la chica estaba en el departamento superior izquierdo. Usando unos binoculares, el magnate alcanzó a ver un par de siluetas tras la única ventana iluminada. Cuando estuvo seguro de que una de ellas era Harriet, pidió apoyo por radio para reforzar el cerco. Entretanto, seis agentes vestidos de civil interrogaban a los vecinos para precisar quién más estaba en el departamento. Diana Mayfield, una mujer de ochenta y ocho años que vivía al otro lado de la calle con su hija y su nieto de nueve años, dijo haber visto al menos a dos mujeres y dos hombres entrar en el edificio. Más aún, su nieto había observado a un hombre de color descargando todo tipo de armas de una combi. Juraba el niño que se había acercado a preguntarle qué estaba haciendo, y el hombre respondió: «Vamos a empezar una revolución».

Bajo la ventisca, la policía seguía vigilando la casa en lo que se conformaba un grupo de asalto. Alrededor de las 19:21 horas, un hombre salió del edificio. Le permitieron caminar hasta la cancha de básquet y allí lo interceptaron. Era el vecino que vivía enfrente. Se identificó como Julian Stolley, de veintitrés años de edad, quien confirmó que en el departamento había una chica latina, probablemente mexicana, y otra pelirroja de cabello corto. Además, el departamento era visitado con frecuencia por un hombre de color y, en días recientes, por otra de mayor edad que llevaba el cabello negro en dos largas trenzas, probablemente inmigrante. Cuando lo carearon con Amapola, la reconoció al instante como la mujer con quien se había topado al menos dos veces en la escalera del edificio. No había duda: el sitio era la guarida de los secuestradores y estaban armados. A las 19:29, Byrd tomó un megáfono y luego de advertir que el edificio estaba rodeado, ordenó a los ocupantes que se rindieran. Nadie respondió. Tras una nueva advertencia, la única luz encendida se apagó.

La tormenta arreciaba. Eran las 19:37 cuando George Byrd ordenó al oficial de policía Jeff Collins acercarse al edificio y disparar una bomba de gases lacrimógenos. A medio camino el agente fue sorprendido por una ráfaga de ametralladora y cayó herido. Un charco escarlata comenzó a extenderse en la nieve. Cuando dos agentes quisieron rescatar a Collins, una nueva ráfaga les impidió acercarse y remató al moribundo. Un minuto después la voz de la niña Byrd se escuchó por un megáfono: «Papá, mi captor dice que lo mismo les sucederá a todos los que intenten rescatarme. No olvides que mi vida corre peligro, así que es él quien pondrá las condiciones para mi liberación».

Según dijo la niña, el plagiario exigía que, en el plazo máximo de una hora, le fuera facilitado un vehículo para huir. En el asiento trasero debían colocar una maleta con cuatro millones de dólares en efectivo en billetes sin marcar y con números de serie no consecutivos. Por el altavoz, el millonario accedió a las exigencias, pero aclaró que le llevaría al menos tres horas reunir el efectivo. Era una estrategia para ganar tiempo. Al sitio seguían arribando agentes armados y patrullas. Ya no eran sólo elementos de policía de Camel City: también había agentes del FBI, patrulleros federales, ambulancias y una horda de mirones que a pesar del viento y la nieve se apelmazaban tras el cordón de seguridad.

Eran las 20:14 cuando me reporté con el señor Byrd. El magnate estaba frente al edificio en un vehículo con triple blindaje disfrazado como camión repartidor de *donuts*. Un espeso olor a tabaco impregnaba el ambiente. El millonario no estaba solo: atada a una silla, con la cara muy golpeada y las trenzas deshechas, estaba Amapola, la inmigrante mexicana. Había envejecido una década en dos horas. Su ojo izquierdo estaba hinchado, cerrado y enrojecido; era una pelota que dolía con sólo verla.

—¿Lo ves, Lansky? Siempre hay manera de hacer las cosas —Byrd alzó orgulloso el habano encendido en su mano derecha—. Esta mujer lo sabía todo. Adivina quién la secuestró.

En la otra mano, el magnate sostenía una foto de Albert Howells. Gracias al detalle de la mano enferma, varios vecinos habían confirmado que él y dos mexicanas frecuentaban el sitio. Una era Amapola, la ilegal. La otra probablemente era su vecina de cuarto, Rosario Novarro.

—Navarro —corregí.

—Como sea, Lansky.

En ese momento nos interrumpieron dos, tres estallidos fuertes y una avalancha de gritos. Alguien había arrojado tres bombas lacrimógenas al interior del departamento. Desde allí respondieron con una granada, y la explosión incendió un auto cercano. Mientras el gas lacrimógeno se mezclaba con el humo negro, las decenas de mirones buscaban dónde esconderse: detrás de los árboles, en los coches y hasta en una cabina telefónica. Los policías, por su parte, buscaban la mejor posición para disparar.

A las 21:02 la unidad móvil del canal 4 comenzó a transmitir en vivo el operativo. A pesar del cerco, en menos de quince minutos había frente al edificio una nube de periodistas, camarógrafos, reporteros gráficos e incluso un helicóptero que sobrevolaba la zona desafiando la tormenta. No había pasado una hora cuando uno de los guardaespaldas de Byrd entró en el camión con un radio de transistores: un locutor decía que, aunque seguía sin conocerse la identidad de los secuestradores, se hablaba de dos mexicanas y un hombre de color.

A las 21:50 horas el vehículo exigido por los plagiarios se estacionó frente al edificio. En el asiento trasero, en un maletín Samsonite azul, reposaban cuatro millones de dólares. Nuevamente se escuchó la voz de la chica Byrd. Sus secuestradores habían cambiado de opinión: dado que la nieve reducía sus posibilidades de escapar por tierra, exigían que un helicóptero los trasladara a México. Allá, luego de contar el dinero, liberarían a Harriet.

Por la razón o la fuerza: el profesor Ayala

¿Agosto, septiembre de 1974?

—¡Ayala!

¿Dónde estás, cuánto tiempo ha pasado? El dolor de brazos y piernas es tan fuerte que te impide pensar. El mareo se confunde con las ganas de orinar, con el ardor y las náuseas, no alcanzas a reconocer en qué parte de tu cuerpo sientes qué. A tu cabeza llega una y otra vez la imagen de un hombre con barba tirado en un catre: ¿el Che acribillado en El Yuro? ¿Íñigo en Pamplona con la pierna deshecha? ¿Jesús crucificado, Camilo Torres en Patio Cemento, alguno de los veintiséis cristianos crucificados en Nagasaki? En vano has repetido una y otra vez que no sabes nada, que ni idea tienes de quién puso las armas en el Impala. Le impones a tu cuerpo la tarea de ignorar el dolor, de no escuchar. Por el frío y por la manera en que el piso se cimbra, infieres que estás en un sótano, tal vez cerca de una carretera. A lo lejos, como en sordina, escuchas gritos: ¿es Rosario? No, parecen gritos de hombre. ¿O sí? Te da más miedo no escucharla, no saber qué ha sido de ella, si volverás a verla. Escuchas pasos. Llegan otra vez por ti.

—¡Ayala, a locutorios! ¡Tiene visita de su abogada!

La orden te reubica. Estás en tu celda, refundido en el penal de Oblatos. Te niegas a levantarte. ¿Para qué? De sobra sabes que tu caso está congelado, que sin careos ni desahogo de pruebas no hay forma de salir. Ni siquiera tienes claro cuántos días han pasado desde que, tras rendir declaración ministerial, te presentaron esposado ante la prensa. Los reporteros y los fotógrafos te miraban con el cansancio de quien ha visto mil veces la misma historia. Esperabas que allí mismo presentaran a Rosario, por eso te sorprendió que su nombre ni siquiera se mencionara, que se dijera que ibas solo, que transportabas el armamento en un Valiant robado una semana antes en Guadalajara. Más aún, te señalaron como un feroz cabecilla de la Liga 23 de Septiembre en Sinaloa. Luego te trajeron aquí. ¿Qué, entre todas las cosas que Rosario te había dicho, era verdad y qué mentira?

—¡Quítense los zapatos! ¡Bájense los pantalones! —ordenó un custodio apenas bajaron de la julia donde habían viajado por quién sabe cuántas horas esposados de manos y pies, sin saber a dónde los llevaban.

Aquí todos llegan diciendo que son inocentes, que hay un error. Ubicada al noreste de Guadalajara, el penal de Oblatos es una ciudad en miniatura con dormitorios, cancha deportiva, taller de carpintería, dispensario, iglesia, cine y, claro, área de castigo. Pero esa parte, conocida por internos y custodios como el *Pueblito*, es un paraíso comparado con el *Rastro*, la zona donde están aislados los presos políticos. Aquí enlatan hasta a cuatro reclusos en celdas donde apenas cabría uno. Construida donde antes había un matadero de animales, en los muros persisten manchas de sangre oscurecidas por la mugre. Manchas que no se borran por más que laven los muros porque, ya lo sabes, nada es tan difícil de limpiar como la sangre.

—¡Ayala, carajo, a locutorios! —insiste el custodio.

La vida acá parece formarse de muy pocas cosas. Has tenido que reaprender desde lo más elemental, incluso a dormir. Porque acá el tiempo es otro, el cerebro y la memoria se vuelcan hacia dentro para recordar lugares y personas que creías olvidados. El rincón donde dormías de niño, las acequias en temporada de riego, las jardineras de la facultad. Eso es quizá lo peor: la angustia de acordarse de cosas que hoy están insoportablemente lejos. Debe ser esto lo que llaman *carcelazo*.

El rancho es asqueroso: llaman *caldo de pollo* a un agua hervida con chayotes y vísceras. Los mejores días hay una mezcla de arroz y frijoles rancios. Les permiten salir al patio por dos horas al día. Dos horas de sol, de estirar las piernas, de convivir con otros que no sean los dos muchachos con quienes compartes la celda. Los jueves hay taller de carpintería; los martes, clases de guitarra; los sábados viene una trabajadora social a leerles cuentos, poemas. Nada de eso te atrae. Pero el ambiente vuelve a endurecerse cada vez que afuera hay un secuestro, una balacera, un asalto. Si algo así sale en las noticias sabes que vendrán por ti para tratar de sacarte información a punta de madrazos, de toques en los güevos, de hundirte la cabeza en agua puerca. De nada sirve que hayas repetido hasta el hartazgo que no sabías nada de las armas, que el coche no era tuyo. Están convencidos de que eres guerrillero, que puedes darles información sobre la Liga.

A veces se escuchan pájaros, camiones, señales de que la vida sigue afuera. Sigue, sí, pero no para ti. Desde tu celda, al fondo del pasillo, logras ver un muro de piedra volcánica y más allá la copa de uno de esos horribles árboles que llaman *pinabetes*. Nunca te gustaron, quizá porque en lugar de hojas tienen agujas de pino, o a lo mejor por sus troncos que, nudosos y retorcidos, carecen de la dignidad vertical de los pinos de la sierra. Estás harto de estos muros puercos, llenos de costras y manchas que ya estaban aquí cuando llegaste. Sabes que en el remoto caso de que te dejen salir, las cosas no serán iguales. ¿Qué pensarán en la universidad, en el despacho? ¿Ayala un guerrillero? ¡Quién lo hubiera creído! O tal vez nomás dicen *pinche pendejo*.

—Aquí le manda su abogada, mi lic —el custodio extiende hacia ti un libro.

—No tengo abogada —respondes—. Yo mismo soy abogado y mire de qué carajo me sirve.

Camel City: Amapola

9 de enero de 1972,
17:43 h
(7 h 19 min antes del rescate)

Tuve que trabajar mucho para irme acercando a mi Ramiro. Estuve jalando en hoteles, restaurantes, oficinas. Limpiando platos, camas, escusados, ropa, en veces cocinando. Duraba un rato en un sitio y cuando conseguía ahorrar alguito me acercaba un poco más. Otras veces viajaba de raite, como dicen acá. Pero llegué y lo primero que hice fue buscar una iglesia para darle gracias a san Juditas por haberme permitido llegar sana y salva. Luego de preguntar por aquí y por allá nadie supo darme razón de mi Ramiro. En ninguna marranera lo conocían, nadie se acordaba de haberlo visto en los cultivos ni entre los que jalan en la construcción. Como si se lo hubiera tragado la tierra. La cabeza se me llenó de hartísimas cosas: se me figuraba que lo había agarrado la migra o que por su gusto se había regresado a México. O que había conseguido un trabajo mejor en otro lugar y ni manera de avisarme. A lo mejor me seguía mandando sobres con dinero con el patrón sin saber que andaba yo buscándolo. O se había conseguido otra mujer con la que sí tenía familia. Pero yo no me daba por vencida: volví muchas veces a cada sitio en donde se me figuraba que podían saber de él por si alguien se acordaba de haberlo visto, pero nada. Para ganarme unos centavos aprovechaba las vueltas y llevaba comida para vender: quesadillas, burritos de chilorio, menudo. Ni se imagina usted: todo volaba, y empecé a ver que la comida era negocio. Tanto me aparecí por las marraneras que acabaron dándome trabajo en una casi por pura chiripa. Fue un día que me dijeron que nadien podía atenderme porque estaban matando marranos y, sí, nomás se oían los chillidos y los gruñidos que haga de cuenta que estaban asesinando un cristiano. El problema es que no saben matarlos, le dije a un hombre que había salido a fumar. Él me preguntó si yo podía hacerlo mejor y le dije que mi marido me había enseñado que si a los cochis se les entierra un picahielo por detrás de la pata izquierda se mueren casi sin darse cuenta. A ver, enséñame, dijo el señor levantándose. Resultó que era el capataz. Me contrataron ese mismo día. Duré siete años en ese trabajo, hasta que me decidí y abrí mi propia fonda en el mercado de Waughtown. Pero eso sí, nunca dejé de buscar al Ramiro. Tan desesperada estaba que cuando tomaba el bus me sentaba junto a una ventana por si me tocaba verlo caminando por la calle. Todas las noches le pedía a san Juditas que cuidara de mi viejo donde anduviera y también a mi angelito allá en el cielo. Al Ramiro nunca lo encontré. En veces todavía sueño que lo busco. Pero mire nomás cómo es la vida de cabrona que nos esconde lo que más queremos y nos pone enfrente lo que menos esperamos. Porque hace unos días, cuando menos lo pensaba, llegó a la fonda una de mis mejores clientas, la niña Rosario. La novedad es que ahora venía acompañada por su papá. De principio no sacaba a flote dónde había visto esa cara, pero enseguida me di color de que era alguien a quien yo conocía bien: estaba más viejo y más gordo, pero era mi patrón. Habían pasado dieciocho años desde la última vez que nos habíamos visto. Dieciocho años. La misma edad de su hija.

En los caminos del sur: Fabián

17 de junio de 2017,
Ciudad de México

—¿Se puede saber qué te pasa? —insistió Fernanda.

Yo iba al volante por lo menos en lo que al carro respecta, pues estaba a punto de descubrir que en otros ámbitos era mi esposa quien llevaba la mano. Recién habíamos salido de casa de Eva y Pierre. Aun después de vomitar, Fernanda había seguido bebiendo bajo la mirada preocupada de su amiga. Yo me refugié en el partido de futbol. Por primera vez en semanas el ligero mareo del vino me hacía sentir casi cómodo. Era ella quien estaba irritada porque al terminar la cena Eva anunció que tenía una sorpresa reservada y mostró en la pantalla de su celular las imágenes de un ultrasonido. Ella y Pierre habían dejado el alcohol porque esperaban gemelas. El anuncio rebasó a Fernanda:

—Qué pendeja, hacer esto en el mejor momento de su carrera —dijo horas después, ebria y furiosa, en el auto—. En fin, allá ella. Ya la veré cargando biberones en su bolso Stella McCartney.

Aunque no era nuestro mejor momento como pareja, me dolía verla así. Creía saber qué le pasaba y no quería verla desbarrancarse en la envidia, la negación y la autocompasión. Era como si las emociones que le había acarreado el aborto fluyeran otra vez, pero ahora yo no tenía ni mente ni paciencia para ayudarle. En busca de aire, con el pretexto de retomar mi novela, había comenzado a ir todas las mañanas al Starbucks de Diagonal San Antonio. Aunque hacía y rehacía escaletas, el manuscrito seguía atorado. Mucho. El último capítulo que había escrito era una conversación entre el oficial

Lansky y una joven de color que buscaba a su esposo perdido. Por más intentos que hacía, no conseguía darle verosimilitud a los pasajes. El conflicto me parecía débil, los personajes planos, la estructura ni se diga. Así llegaron el día del padre y el numerito en casa de Eva y Pierre.

—Podemos ir a terapia —sugerí.

—Terapia tu pinche madre —contestó—. Tú sabes bien qué pasa.

—¿Y qué pasa, según tú?

—Ay, Fabián, no te hagas güey. Ten al menos el valor de decírmelo.

—Estás borracha.

El resto del trayecto seguimos en silencio, yo con la vista fija en el camino, ella mirando a ratos por la ventana, a ratos revisando su celular.

—No podemos seguir así, Fabián —dijo apenas entramos al departamento.

Fue hasta el refrigerador, sacó una cerveza y le dio un trago largo. Luego agregó:

—Las cosas se hablan.

—Si quieres podemos hablar de tu cita con un tal Clemente Salas —reviré.

—¿Quién es ése?

—No te hagas. Sé que te viste ayer con él en una cafetería del Barrio Chino.

Fernanda empezó a reírse. Dio un nuevo trago a su cerveza, como si estuviera pensando qué responder, y dijo:

—Ay, Fabián, si vas a jugar al espía, al menos hazlo bien. Por eso escribes tan mal. *Va te faire foutre!*

Era suficiente. Fui al clóset, saqué una maleta y comencé a llenarla.

—¿Qué haces?

—Me voy por unos días. No soy tu… ¿cómo dirían en París? ¿Tu *sac de punch*?

—Ay, Fabián, no seas mamón. ¿A dónde vas?

—Qué te importa.

—Estás buscando un pretexto para irte con la puti-pobre…

—¿La qué? ¿De qué hablas?

—¿No sabías que así le dicen? Imagínate por qué.

—¿De quién hablas? Pinche loca.

—¿Crees que no lo sé? —hizo el gesto de un vientre abultado.

Dio el último trago a su cerveza, dejó caer al suelo la botella vacía e, imitando el acento costeño, dijo:

—Felicidades, papi.

Camel City: el agente Lansky

10 de enero de 1972
(un día después del rescate)

—¿No hay pistas, señor?

—No, Lansky —respondió el jefe Dixon.

Miraba mi brazo entablillado con una expresión difícil de descifrar.

—¿Ni una huella, ni una foto? —insistí.

—Sólo el retrato hablado.

—¿Qué hay del ejército?

—Como sabes, los expedientes son confidenciales. Pedimos informes por el canal de siempre, pero no han respondido. Si me permites, no me haría muchas ilusiones sobre eso: buscar uno por uno en los registros de veteranos podría llevar meses. Escúchame, Lansky. Tuviste mucha suerte de que el loco ese no te matara. Y aunque el viejo Byrd está devastado, ha dicho que nunca olvidará la lealtad y el valor que mostraste durante el intento de rescate de su hija…

Sobre mi escritorio descansaba un ejemplar del *Camel Journal* cuyo encabezado era *MUERE HEREDERA DEL IMPERIO BYRD*. La nota informaba que, a la medianoche de ayer, tras un intenso enfrentamiento entre miembros de una banda de secuestradores y elementos de la policía local, perdió la vida la señorita Elizabeth Harriet Byrd, hija del prominente empresario George Byrd III. Llevaba secuestrada doscientos cinco días. Los hechos ocurrieron en la unidad habitacional ubicada en la esquina de Chestnut y Belew, en el centro de la ciudad, donde se presume que la muchacha estuvo retenida desde la noche del pasado 18 de junio, cuando fue abducida de su dormitorio en un conocido internado para señoritas. Tras varios intentos infructuosos de rescate, los plagiarios exigieron un helicóptero en el que pretendían viajar a México, así como cuatro millones de dólares en efectivo. Hacia las 23:20 horas, una cuadrilla de técnicos comenzó a quitar los postes y el cableado de energía para que el helicóptero pudiese aterrizar en una cancha deportiva adyacente al inmueble, tarea que les llevó casi media hora. A las 23:49, el espacio aéreo quedó libre de obstáculos, e incluso se retiraron los helicópteros de policía y de TV que sobrevolaban la zona. Trece minutos después, es decir, a las 00:02 de hoy, se escucharon gritos en el interior de la vivienda. Según trascendió, en ese momento fue arrestada una mexicana que responde al nombre de Rosario Navarro, y que resultó ser pieza clave en la banda de plagiarios formada por radicales comunistas e inmigrantes mexicanos. Dos minutos después un estallido cimbró la propiedad. No obstante la inmediata reacción de los grupos de rescate, la señorita Byrd falleció a causa de la explosión. En el sitio se aseguraron cuatro armas largas, nueve granadas de fragmentación y un gran número de balas. Al menos uno de los secuestradores está prófugo. Se trata de un hombre blanco, calvo y de ojos azules, de alrededor de treinta años. Existen elementos suficientes para creer que se trata de un excombatiente de nuestras fuerzas armadas, y que puede estar en posesión de armas y explosivos. Se suplica a la población estar atenta y, ante cualquier situación sospechosa, comunicarse con la policía al teléfono 3-28-72.

Acompañaba a la nota el retrato hablado del sospechoso. La mitad de la página era ocupada por la foto del edificio de departamentos envuelto en una densa nube de humo. Aunque el plagio había terminado, en la comandancia se respiraba un aire fúnebre. El silencio se rompía sólo por los teclazos de una que otra máquina de escribir. Mil veces había imaginado mi renuncia: con el mismo gesto con que Dirty Harry tira su placa al agua puerca al final de la película, yo me había prometido que arrojaría la mía sobre el escritorio del jefe Dixon en cuanto halláramos a la muchacha viva o muerta. Pero a diferencia del personaje de Clint Eastwood, yo no tenía un secuestrador a quien joder. Estaba preparándome un café cuando alguien se detuvo frente a mí.

—Buenos días, oficial.

Era la esposa de Howells. Incluso sus arracadas lucían opacas en la mañana gris.

—Ni me diga...

—Esta vez es distinta.

—¿Ah, sí? ¿Puedo saber por qué?

—Porque hay testigos. Ayer por la noche Albert y yo estábamos en la casa con amigos cuando llegaron tres hombres en un coche sin placas, lo sometieron y se lo llevaron. Parecían policías.

Intenté tranquilizarla, le aseguré que no lo teníamos nosotros.

—Si no le importa, quisiera echar un vistazo en las celdas.

—Tendrá que confiar en mí, señora. Es un mal día para estas cosas.

—Les importa más hallar a ése, ¿no? —señaló el retrato hablado del veterano.

Era de una tenacidad exasperante.

—Voy a ser franca, oficial: sé por qué se lo llevaron.

Explicó entonces que la noche anterior ella y su esposo habían ido a cenar a casa de unos amigos. La mujer comenzó a hablar de que su esposo había estado involucrado en una operación de la mayor importancia. Al parecer, al comité local de los Black Panthers habían llegado rumores de que la Corporación Reynolds ocultaba datos que ligaban el consumo de cigarro con el aumento en los casos de cáncer. Se hablaba de un laboratorio secreto en donde se experimentaba con el efecto del alquitrán en los conejos...

—Patrañas —interrumpí—. Vuelva cuando tenga algo concreto. ¿Se imagina cuándo terminaríamos si nos pusiéramos a investigar todos los chismes que corren en el condado?

Dijo que no se movería de allí mientras no comisionáramos al menos a un par de agentes para buscar a su marido. Amenazó incluso con iniciar una huelga de hambre.

—Haga lo que quiera —le dije.

No obstante, pasó un buen rato antes de que lograra sacarme de encima la imagen de mi hijita devastada, sepultando a Orejas en nuestro jardín.

Por la razón o la fuerza: el profesor Ayala

22 de enero de 1976,
en las afueras de Guadalajara
(3 horas después de la fuga)

—¿Te duele mucho, Bernardo? —Rosario señala tu hombro.

Niegas con la cabeza, luego te llevas el índice a la boca: afuera, el vuelo rasante de una avioneta alborota a los perros.

—Ya nos andan buscando.

Permanecen en silencio dos, tres minutos. Rastrean entre los ruidos de la noche algún indicio de que deben moverse, reemprender la huida. Pronto la avioneta deja de oírse, sólo persisten los ladridos y los grillos. Te parece que el frío aprieta más que nunca, aún más que en la celda. Por si las dudas decides que pasarán sólo una noche aquí, pues su presencia ha llamado mucho la atención empezando por que se detuvieron en una tiendita a pie de camino, junto a una ladrillera. Afuera del negocio, cinco o seis hombres tomaban cerveza recargados en un enorme tronco derribado. Te pareció que los veían con desconfianza, casi con sospecha. Rosario, en cambio, estaba segura de que lo que había llamado su atención era el carro, un Malibú amarillo nuevecito. Seguro que por acá no pasan muchos así, dijo mientras bajaba. En ese momento te tranquilizó pensar que quizá tenía razón, pues era poco probable que en tan poco tiempo la noticia de la fuga se hubiera propagado y en todo caso tú y Rosario parecían cualquier cosa menos guerrilleros huyendo. A los pocos minutos, la muchacha salió de la tiendita con dos bolsas: pan ranchero, pilas para el radio, dos cajetillas de Delicados, cuatro latas de sardinas y hasta un cuartito de tequila que emplearían para desinfectar tu herida.

Al momento del primer cambio de ropa y de vehículo, los dirigentes del operativo les habían dado una orden:

—Sólo el Flaco y el Tenebras siguen, los demás dispérsense. ¡Nos vemos en las citas de reconecte!

Fue así como, en cosa de minutos, estabas libre otra vez. Fuera de Oblatos. Aunque la euforia te invadía, la experiencia era muy distinta a lo que habías imaginado en las semanas que duraron los preparativos, pues se trataba de una libertad ilícita: convulsa, atropellada, llena de miedo. Un temor que en el plano físico se traducía en un frío en las manos y en la frente, en una especie de mareo. La herida en el hombro te dolía cada vez más y no dejaba de sangrar. El plan original, trazado por Rosario, era salir de Guadalajara disfrazados de turistas y tomar la carretera hacia la Ciudad de México, donde tomarían un avión para salir del país por un tiempo. ¿Quién sospecharía de una pareja a bordo de un Malibú amarillo con asientos de piel, ambos vestidos con ropa de marca? Rosario sabía que a veces el mejor disfraz es llamar la atención, pero con la herida que traías en el hombro esa vía era imposible y tuvieron que internarse por carreteras vecinales rumbo a la casa de descanso que sus padres tenían a las afueras de la ciudad, en un caserío llamado San Gaspar. Tu hombro seguía sangrando. Cuando tu chaqueta color claro comenzó a teñirse de rojo, Rosario se quitó la chamarra de piel y te la pasó. La prioridad era curarte, al menos detener la hemorragia. El interior del coche se impregnaba cada vez más del olor ferroso de tu sangre. Con lo difícil que es limpiarla, carajo. Ir así en un coche, con Rosario al timón por caminos vecinales, te remitió al momento en que, casi dos años atrás, los capturaron cerca de Acaponeta.

En algún momento, a la altura de Zalatitán, se cruzaron con una patrulla en un camino de terracería. Sentiste tanto miedo que casi vomitas, pero la patrulla pasó de largo sin notarlos. A pesar del dolor en el hombro, sudando hielo, intentaste cruzar los brazos para disimular los temblores que te sacudían. Les tomó más de una hora completar un trayecto que usualmente no llevaba ni la mitad. Cuando llegaron al caserío, en la radio se hablaba ya de lo ocurrido: *Hace unos minutos, en punto de las 7:45 de la tarde, siete peligrosos guerrilleros se fugaron de la penal de Oblatos luego de que un comando armado atacó las instalaciones del reclusorio. Se trató de una operación planeada con precisión militar, pues al tiempo que una célula armada ejecutaba a los custodios, otro grupo asaltó la subestación de energía de Tlaquepaque para provocar un apagón en la zona, quizá con el objetivo de facilitar la huida. Al momento se habla de dos policías muertos en cumplimiento de su deber y al menos otros tantos heridos. Las autoridades le siguen ya la pista a los delincuentes, quienes están armados y son sumamente peligrosos. Hay miles de hombres tras ellos. Se ha establecido un cerco que incluye carreteras, estaciones de autobuses, aeropuertos…*

Miras a Rosario: aunque luce agotada, ni tú ni ella pueden dormir. Estás consciente de que sus insomnios se deben a razones distintas. En su caso es la abrumadora certeza de que su vida acaba de dar un vuelco. Ha matado a dos personas.

—Eran policías —aclaras.

—¿Y si tenían hijos? —pregunta la muchacha antes de llevarse a la boca un par de cápsulas.

Tus razones para no dormir son otras. Aunque la herida en el hombro duele, no es eso. Tras casi dos años de encierro, la sola idea de moverte tanto y tan rápido te ha causado vértigo.

—Tenemos que escondernos, Bernardo. Hallar un sitio donde puedas reponerte.

—¿Y qué sugieres?

—Vas a tener que confiar en mí. Te voy a llevar con mi mamá.

—¿Con tu mamá, Chayo? ¿Estás loca?

—No, no me refiero a Ana María. Hablo de mi mamá biológica.

Camel City: Albert Howells

23 de diciembre de 1972
(día 188 del secuestro)

—Eres mexicana, ¿cierto? —pregunta el hombre sentado en el catre.

Su nombre es Albert Howells. Es enorme, una montaña con suéter gris. Habla con fuerza pero sin violencia, con una corrección que hace pensar más en un conferencista o un sacerdote que en un radical. Pero está armado.

Tus ojos se acostumbran a la falta de luz.

—¿Viste las Olimpiadas? —pregunta Howells.

Vuelves a asentir.

—Entonces quizá recuerdas cuando Tommie Smith y John Carlos levantaron así su puño al recibir sus medallas.

No, de eso no te acuerdas. Fue hace cuatro años, tú eras una niña.

—Fue hermoso, muchacha. Salió en todos los periódicos: los dos corredores allí, en la cima del mundo, demostrando que nadie los iba a hacer menos. Llevaban calcetines negros, bufandas negras, cada uno un guante negro. Hermoso de verdad. ¿Y sabes qué pasó? Cuando regresaron aquí los trataron como delincuentes. Aún hoy reciben amenazas de muerte y no pueden conseguir trabajo. Imagínate. Volver a tu país con una medalla sólo para recibir ofensas. Y así es para nosotros todo el tiempo: apenas cuatro meses antes habían matado al doctor King. En el mundo pasan cosas, chica. Tienen que ocurrir cosas aquí, también en Vietnam y allá en tu país. Y nosotros tenemos que ayudar a que sucedan.

En un rincón, sobre un catre, hay periódicos desordenados, libros, mapas.

243

—América está perdiendo la memoria —sigue Howells—. El problema racial es único. Ningún otro grupo ha sido esclavizado en este país.

Por el casco con motivos psicodélicos lo identificas como el motociclista que, hace meses, recogió a Hattie afuera del Woolworth. Los párpados hinchados, parece que no hubiera dormido en una semana. Lo escuchas sin saber qué decir; tu cabeza no asimila lo que has descubierto en las últimas horas, lo que sigues descubriendo. Habías imaginado mil cosas. Ninguna como ésta.

—Lo de usar tinta invisible en el patrón del vestido fue idea de Harriet.

El sujeto te mira y en sus ojos adivinas que se pregunta si puede confiar en ti. ¿Cuánto sabes? ¿Harriet te dijo algo?

Te preguntas cuánto tiempo llevará este hombre guardando sus cosas en una maleta deportiva, apenas lo más indispensable. Cuánto llevan encerrados en este departamento sin radio, sin tocadiscos, sin nada que haga ruidos que puedan delatarlos.

Howells señala una pila de libros.

—El hombre que los escribió también es negro —te dice—. Cuando aprendió a escribir no sólo era negro, también era pobre y había pasado años en la cárcel, pero aun así hizo dos de los mejores libros que puedas encontrar.

Luego se vuelve hacia ti: te estarás preguntando por qué te cuento todo esto. Por qué Harriet y yo tenemos que escondernos. Entonces comienza a desgranar su historia: hasta hace unas semanas era miembro de los Black Panthers, organización política que lucha por los derechos de la gente de color. El partido nació como una organización de autodefensa, un grupo organizado para patrullar las barriadas y vigilar a los policías. Armados, recorren las calles. ¿Cómo podría ser de otra forma luego de que Malcolm X recibió veintiún tiros en el pecho? ¿Qué más si la policía mata cada vez a más hermanos, los embosca en callejones, los acribilla por la espalda?

—Sin ir más lejos, niña, ¿quién crees que me cortó estos dos? —dice mostrando los muñones de su mano derecha. Luego toma un librito de pastas rojas, lustrosas, y continúa—: Somos un ejército, es verdad, pero no somos terroristas. Nadie habla de la asistencia legal que damos a los arrestados, de los desayunos que repartimos entre los niños, de las clínicas de salud que patrocinamos, de las campañas para enseñar a leer a viejos que jamás fueron a la escuela. Para el gobierno somos una amenaza que merece ser investigada, infiltrada, aplastada. Llevan años difamándonos, diciendo que financiamos nuestras actividades políticas mediante la extorsión, el secuestro y la venta de drogas.

Entonces te entrega el librito rojo: *Cinco tesis filosóficas de Mao Tse-Tung.*

—Esto les asusta más que cualquier droga o arma. Llévatelo, léelo a conciencia.

Black Panthers, Mao Tse-Tung, es demasiado. No dejas de preguntarte qué puedes hacer, cuál es tu papel en todo esto. Pero te da miedo preguntar.

—Lo que importa es qué vamos a hacer ahora.

No estás segura de que el *vamos* te incluya. Tampoco de que no.

—El partido tiene dos enemigos: la policía y los blancos reaccionarios. No sé cuál de los dos puede ser peor; muchas veces son lo mismo.

—Los periódicos dicen que a Harriet la secuestró un militar blanco.

—¿Es que no entiendes? —se desespera Howells—. A ése nunca van a hallarlo.

Estás cada vez más confundida.

—Ese veterano no existe. Piénsalo: en San Francisco, una chica blanca conoce a un hombre negro quince años mayor. Él es instructor de natación en la YMCA, ella una niña intentando salir de su burbuja. Él es un Black Panther, casado; ella una Byrd de Virginia, pero siguen viéndose conscientes de lo que significa, es más, casi por lo que significa, hasta que la familia de ella los descubre y la envían al otro lado del país a estudiar en un internado. Eso no detiene a nadie, al contrario: el negro lo ve como una oportunidad de expandir la lucha en el viejo estado del norte. En Camel City siguen viéndose a escondidas hasta que un día descubren que ella está embarazada. No pueden decírselo a nadie: no sería una buena noticia ni para los compañeros del partido ni para el viejo Byrd, que no se resignaría a que un negro le hable sin decirle amo. Así que cuando falta un mes para las vacaciones, comienzan a ejecutar un plan muy detallado: primero él se hace arrestar, pues de ese modo no pueden acusarlo de nada cuando ella finja su secuestro. La noche señalada ella mete al internado un fusil oculto en el estuche de su fagot; luego se corta la trenza, se afeita la cabeza y sale de su escuela vestida de hombre y echando tiros para asegurarse de que haya muchos testigos que vean un tipo blanco, calvo y chaparrito con un arma en la mano. Allí empieza a cobrar vida el espejismo del veterano. Es una versión poco creíble pero no importa, pues esa fachada sirve para todos. A Byrd le parece preferible decir que su hija ha sido raptada por un blanco adicto a admitir que la chica se ha fugado con un negro que encima es comunista. No es un plan perfecto: si todo se destapa, ¿quién va a creer que no la violé? El negro es el culpable, es la regla número uno de los tribunales. ¿Quieres más historias? Están por todas partes —señala los periódicos—: en Florida un negro es arrestado por saludar a una blanca; mientras en Missouri siete blancos abusan de una negra y les imponen cincuenta dólares de multa. Pero no quiero convencerte. No tenemos tiempo. Sólo necesitamos que nos ayudes.

—¿Ayudarles yo? ¿En qué?

—En un asunto muy puntual, muchacha. Recuerda que un bebé viene en camino. Necesitamos una partera que lo reciba.

En los caminos del sur: Fabián

17 de junio de 2017,
Ciudad de México

Mi reloj marcaba exactamente la medianoche. La tormenta no cedía y la ciudad estaba cubierta de nieve. Hacía un frío de perros. Disfrazados de técnicos de la compañía de energía, el viejo Byrd y yo logramos acercarnos al edificio de departamentos donde estaba su hija. Al contrario de lo que yo esperaba, la propiedad estaba casi vacía. Sé lo que vi entonces, muchacho: recargada contra la pared, al borde de la ventana, la muchachita Byrd sostenía una ametralladora que utilizaba de cuando en cuando. En un rincón, sin armas, sentada en el piso y con la mirada perdida, estaba otra muchacha que no tardé en reconocer: era su compañera de cuarto, la mexicana. Me costaba creer que hubiese sido la propia Harriet quien, durante buena parte de la tarde, había mantenido a raya a la policía. En otra habitación sin vista a la calle, envuelto en mantas y recostado en una cuna, estaba el bebé. El viejo Byrd intentó acercarse.

—No lo toque o volamos todos —tronó de pronto la voz de Harriet.

Atravesada en el vano de la puerta, levantaba una granada con la mano izquierda mientras, con la derecha, amenazaba con jalar del anillo de seguridad.

—Déjate de estupideces, princesa —reviró su padre—. ¿No te parece que has llevado esto demasiado lejos?

En vano intenté varios finales para esa historia: algunos me parecían planos, otros inverosímiles. Tenía algunas piezas, pero no sabía cómo embonaban, si es que lo hacían. Otro rompecabezas mucho más cercano me había quitado el sueño durante meses, justo desde la tarde en que Fernanda decidió abordar el embarazo de su alumna. No sé cuántas veces marqué esa noche al celular de Viury. Necesitaba comprobar cuánto de verdad había en las palabras de mi esposa. Era una tarde de tormenta, y aunque traía una mochila con mi laptop, algo de ropa y una decena de libros, en cierta forma me sentía ligero: al fin la bomba había estallado, aunque las cosas no salieron como esperaba. Había pasado el día caminando, pensando, rumiando un coraje que volvía a morderme apenas lo creía rebasado, como retornaba también la frustración de darme cuenta de que se había roto la confianza entre Fernanda y yo. Ni siquiera sabía bien a bien cómo sentirme.

—No te hagas pendejo —me había dicho Fernanda—. Lo tuyo es ego, no principios.

Tenía razones para poner tiempo y tierra de por medio. Lo peor es que uno pensaría que romper un lazo como ése, o al menos poner tierra de por medio, es siempre producto de una decisión sólida, uniforme, llena de certeza. No fue así. Sentía culpa, hartazgo, dudas, mucho rencor. Había bebido en casa de Eva y Pierre, sí, pero no voy a escudarme en eso. Tomé a Fernanda del cuello, la arrojé contra la puerta y le pegué. Después de eso era estúpido pensar que el asunto pudiera resolverse hablando. No, hablar ya era trazar rayas en el agua.

En medio de la noche, el autobús avanzaba hacia el sur. Una tormenta eléctrica castigaba la frontera entre Morelos y Guerrero. Cada vez que marcaba el teléfono de Viury, una voz fría me mandaba al buzón. La Negra debía estar en Arroyo Oscuro con su abuela. El agua se estrellaba rabiosa contra los cristales, pero la velocidad del camión la hacía deslizarse en diagonal, y yo sentía cada vez más ganas de vomitar. No era algo físico: había llegado el momento de sacar el veneno acumulado. Años atrás, una terapeuta me había dicho que la rabia era la única emoción que yo me permitía. Sospecho que no percibió, agazapados, el rencor y la culpa. No pretendo justificarme, sólo registrar aquí mi impotencia y mi incapacidad para procesar y expresar mis sentimientos, pues a fin de cuentas ese bloqueo me hizo estallar. Las palabras de Fernanda resonaban en mi cabeza: No te hagas pendejo, Fabián, lo tuyo es ego, no principios. Acepta mi propuesta.

Luego de casi dieciocho horas viajando, a las seis de la tarde conseguí llegar a Arroyo Oscuro. La abuela de Viury había muerto dos días antes. Seguía lloviendo y en lugar de sus playeras negras con estampados roqueros, la muchacha se había puesto un vestido viejo hecho con retazos de telas de distintos colores y texturas. Ese vestido y un morral con libros viejos era lo único que Mamá Flor conservaba de Amparo, su hija desaparecida. Pasamos el resto de la tarde empacando las pocas pertenencias de la anciana. En mi cabeza flotaba una pregunta pero me daba miedo hacerla. Al día siguiente, muy temprano, abordamos juntos el autobús para bajar a Atoyac. El silencio de la madrugada era como el de tantos otros puntos de la sierra: salpicado de ladridos, gallos, cigarras. El vehículo hacía paradas, gente subía y bajaba: campesinos con huacales llenos de mangos, mujeres con bolsas, estudiantes. Viury también parecía nerviosa. Le dije que estaba dispuesto a dejar a Fernanda si ella aceptaba vivir conmigo. Dijo que sí. En algún momento se quedó dormida mientras el camión se internaba por el camino, el motor roncando en la niebla. Yo también me dormí. Pero cuando desperté, Viury ya no estaba.

—Mejor no se mueva —ordena una voz que no reconozco.

—Dónde estoy.

—Descanse —insiste la voz.

No sabría decir, sólo por la voz, cómo es la persona que me habla. Me duelen mucho el cuello y la cabeza, la boca me sabe a sangre.

—¿Qué pasó? —insisto—. ¿Y mis cosas?

—Dé gracias que está vivo —replica la voz, y agrega que tuvieron que darme seis puntos de sutura en la cabeza.

—¿Qué hora es?

—Las dos.

¿Las dos de la mañana o de la tarde? Las ventanas están tapiadas con tablones y la única luz en la habitación proviene de una lámpara halógena que parpadea. El dolor en el cuello me trae recuerdos difusos: descubrir que Viury no estaba en el autobús de regreso a Atoyac era, en sí, una respuesta. Fernanda no mentía. De regreso en Chilpancingo pasé a un tendajón a comprar alcohol y alquilé un cuarto del Hotel Ombú. Aunque no tardé en emborracharme, la ansiedad persistía. No me atrevía a apagar la luz, a cerrar los ojos, tampoco a leer, mucho menos a escribir. Sentía más lejanas que nunca las palabras novela, cuento, relato. Por un instante pensé en comprar droga, pero ni siquiera sabía dónde hacerlo, cómo.

La luz irrumpe en mis pupilas, el dolor como un clavo en la cabeza, en el brazo, en el cuello. Tengo sed. Mucha. Trato de levantarme y no lo consigo.

—Tranquilo —me dice la voz—, tiene que descansar. Fue una suerte que la regadera no resistiera su peso.

Recuerdo entonces que quise ahorcarme usando mi cinturón. El malestar crece cuando a mi cabeza vuelve la pelea con Fernanda. Acostado, embrutecido por los medicamentos, pienso que quizá mi esposa tenga razón: lo mío es ego lastimado, no principios.

—¿Ves por qué no quería decírtelo? —se quejó—. Me hablas de aterrizar las cosas y luego te pones así cuando te hago la propuesta. ¿Quién carajo te entiende?

—No jodas, Fernanda, eso no es una propuesta. Es manipulación, engaño.

—No, mi rey: engaño es lo que tú hacías cada vez que te cogías a Viury pensando que yo no lo sabía. Piénsalo, Fabián. No me digas ahorita sí o no. No me importa lo que te haya dicho, ella estuvo de acuerdo en hacerlo así, puso un precio y yo se lo pagué, de modo que, cuando nazca, ese bebé será nuestro.

En los caminos del sur: Fernanda

7 de septiembre de 2019,
San Ysidro, California

—Un coágulo —contesta Viury—. Estoy aquí por un coágulo.

Fernanda había pensado que estarían en un locutorio, separadas por una ventana de mica, y que la muchacha usaría un mono naranja. Tal vez había visto demasiadas películas. El encuentro se lleva a cabo en una especie de comedor donde todo el mobiliario es de metal y ha sido fijado al suelo. La superficie de la mesa es de formica muy gastada, rayoneada. A los lados, en otras mesas, se desarrollan conversaciones que de vez en cuando interfieren con la de ellas. Sólo entonces Fernanda comprende que esta vez Viury dice la verdad: nunca estuvo en sus planes que ese bebé naciera. Quizá por eso, aunque en todos estos meses ha pensado mucho en ella, no estaba segura de querer verla. Ésa debe ser la razón por la que, en lugar de tomar un vuelo directo a San Diego, Fernanda ha preferido volar a Tijuana y cruzar a pie por la garita de San Ysidro. Para andar sobre sus pasos. Para imaginarla cruzando con los documentos que ella misma le tramitó, a punto de moverse por San Diego con la misma confianza con que catorce meses atrás se habrá movido en Austin.

Una vez en territorio gringo, a Fernanda no le fue difícil encontrar a Manny Durán. El abogado sí era tal como lo había imaginado: un hombre maduro, rubio y trajeado, de cara enrojecida por el sol y cabello gris relamido hacia atrás. Subieron a un BMW. Una duda la asaltaba pero prefirió guardársela: ¿cómo pagaba Viury los honorarios de este hombre? ¿O los pagaba alguien más?

—Escuche, señora, hay algo que debo decirle —dijo Durán con un tono más propio de un *call center* que de un asesor jurídico—: La situación de Viury es delicada. Perdió mucha sangre, *you know?*

—¿Qué quieren, qué esperan de mí?

El abogado le contó que, al ser arrestada, Viury llevaba ocultas diecisiete cápsulas. No hizo falta que dijera cápsulas de qué, ni dónde las llevaba. El truco es tan viejo que en todos los aeropuertos y los cruces fronterizos hay escáneres que detectan los paquetes. Pero siempre hay manera de hacer las cosas.

Dentro de Fernanda, en alguna parte, habitaba la certeza de que sólo encarando a Viury podría cerrar el ciclo. Llegaron al penal y después de identificarse pasaron a un locutorio. Un par de minutos después, escoltada por un guardia y una trabajadora social, llegó la muchacha: el cabello corto y decolorado la hace ver distinta. Pero es ella, la misma Viury de siempre: labios y uñas pintados de negro. Ojeras.

Un saludo frío va y regresa.

El truco es viejo, sí, pero siempre hay manera de hacer las cosas. Por ejemplo: las embarazadas tienen derecho a evitar los controles de seguridad de los aeropuertos. Basta un ultrasonido practicado días antes para no pasar por el escáner, pues los niveles de radiación podrían dañar al feto. Con cierto aire de orgullo, Viury dice que era un buen plan, que no la hubiesen detectado de no ser porque en el ferry, ya en suelo americano, se le acentuaron el dolor y el sangrado.

—Ya había pasado, carajo —dice—. Fue el aborto, no la droga, lo que me chingó.

—*They call it incomplete abortion* —acota el abogado.

Por alguna razón en su vagina quedaron tejidos y coágulos que provocaron una infección, dolor y sangrado abundante. Un coágulo, o como Viury le llama, un gargajo de sangre. A medida que lo cuenta, Fernanda visualiza a la muchacha en el ferry, doblada sobre sí misma, quejándose, mientras alguien le pregunta qué le pasa: ¿Necesita un doctor? No, estoy bien, dice ella antes de desplomarse. Lentamente, su vestido de retazos se mancha de sangre. Y nada es tan difícil de limpiar como la sangre.

Agradecimientos

Este libro y yo estamos en deuda con muchas personas: en primer lugar con la novelista Iliana Olmedo, mi esposa y cómplice. También con nuestra hija Carolina por hacerme ver que, en el fondo, ésta es una novela de vampiros. Con mis padres, Rocío Aguirre y Antonio Rodríguez, cuyas convicciones políticas los condujeron, a finales de los años setenta del siglo pasado, a exiliarse de Coahuila y buscar refugio en Sinaloa. Con mis suegros, Alberto y Gloria, así como con mis hermanos, Frino, Mónica, Martín y Té. Este libro y yo estamos en deuda con mi agente, Víctor Hurtado, quien ayuda a mis libros a encontrarse con nuevos lectores. Con Mayra González, directora de Alfaguara México, por creer en esta historia, y con Fernanda Álvarez, por sus valiosas observaciones y aportaciones al manuscrito final. Estamos en deuda con Eduardo Antonio Parra, Orfa Alarcón e Imanol Caneyada, quienes conformaron el jurado del Premio Nacional de Novela Élmer Mendoza. Con Juan Carlos Ayala, Elizabeth Moreno y Francisco Alcaraz, de la Universidad Autónoma de Sinaloa (UAS). Estamos en deuda con Brian Price, quien me guio no sólo por los callejones más oscuros de Camel City, sino también por zonas desconocidas de mi propio país. Estamos en deuda con Ignacio Solares, quien confirmó mis sospechas acerca de la naturaleza vampírica de Julio Cortázar. Con Roberto Coria, que contestó con paciencia mis muchas dudas sobre sangre y procesos de coagulación. Con Saúl Rosales, no sólo por aquellos años remotos del taller literario en el TIM, también por acercarme a mucha información sobre movimientos sociales y políticos. También estoy en deuda con Lola Ancira, Laura Baeza, Geney Beltrán, Francisco Haghenbeck(+), María Palaiologou, Carlos René Padilla, Ignacio Solares, Bladimir Ramírez, Hiram Ruvalcaba y Ricardo Vigueras, colegas que compartieron conmigo valiosa información o me ayudaron a trabajar alguna de las sucesivas versiones de esta novela.

La sangre desconocida de Vicente Alfonso
se terminó de imprimir en el mes de octubre de 2022
en los talleres de
Grafimex Impresores S.A. de C.V.
Av. de las Torres No. 256 Valle de San Lorenzo
Iztapalapa, C.P. 09970, CDMX, Tel:3004-4444